[总**25**辑 2010年7月出版]

中国经济观察

CHINA ECONOMIC SURVEY

王东京／主编

中国青年出版社

（京）新登字083号

图书在版编目（CIP）数据

中国经济观察. 总第25辑/王东京主编. —北京：中国青年出版社，2010.6
ISBN 978-7-5006-9402-1

Ⅰ.①中... Ⅱ.①王... Ⅲ.①经济-中国-文集 Ⅳ.①F12-53

中国版本图书馆CIP数据核字（2010）第121039号

中国经济观察　　总第25辑

主　　编　王东京
责任编辑　方小玉
出版发行　中国青年出版社
社　　址　北京东四12条21号
邮政编码　100708
网　　址　www.cyp.com.cn
编辑部电话(010) 57350503
门市部电话(010) 57350370
经　　销　新华书店
印　　刷　三河市君旺印装厂
开　　本　700×1000　1/16
印　　张　10.75
字　　数　130千字
版　　次　2010年7月北京第1版
印　　次　2010年7月河北第1次印刷
印　　数　1-8000册
定　　价　25.00元

本图书如有印装质量问题,请凭购书发票与质检部联系调换

联系电话：(010)57350335

目 录 Contents

Contents

■ Hot Issues in Focus

■ Reform and Development

■ Exploration and Contention

■ Finance Observation

■ Remarks

热点
聚焦

HOT ISSUES IN FOCUS

比调控房价更重要的是什么

房地产应从支柱产业归位于民生产业

国企退出房市应谨慎

比调控房价更重要的是什么

刘春雷

如今的住房价格,可谓升亦忧,降亦忧!房价升得过快,财富分配失衡过于显性化,那些望房兴叹之人怨声载道;房价降幅过大,银行住房信贷资产堪忧。国有银行有限公司的组织形式,也许就是"形式",一旦危机来临,政府是难以袖手旁观或仅仅承担有限责任的。如果说,适度调控房价解决的是"近忧",那么,比调控房价更重要的"远虑"是什么?

一、平常心看待炒房者

是不是炒房导致房价居高不下?表面上看,炒房与住房价格上涨似乎脱不了干系。炒房推高价格在先,老百姓买不起房子在后。是不是就可以由此推断前者为因,后者为果?理性的经济分析是不可以将时间先后顺序上的两件事,一律说成因果关系的。这里没有必要浪费笔墨寻找炒房与投资的界限, 姑且将购买第一套住房以外的购房行为都极端化地假设为"炒房",那么,这支"被壮大"了的炒房队伍,是不是有改变经济规律的"广大神通",能够让住房价格长期高于内在价值中枢而脱离地租约束?住房价格曲线会不会因炒房者的一致行动而一路上扬,没有

作者系海通证券股份有限公司博士。

拐点？答案是否定的。

既合乎常识，又不违背经济规律的解释是，整体上看，一段时期，几乎所有的炒房者都赚钱，是因为炒房者利用了住房价值被低估的空间，赚取了住房买卖差价或者市值意义上的"差价"（没有套现）。但炒房者的投机行为不会将住房价格推高直至永远。结构上看，当市场退烧时，房价不再上涨或者围绕某一轴线上下波动时，部分炒房者赚钱，部分炒房者赔钱，不动产价值的再分配发生在炒房者之间，与没有参与炒房的穷人无关，与欲买而未买房的富人也无关。当一个持有多套住房的炒房者资金链条发生断裂的时候，房价也可以被炒房者的抛售行为压至远离"均衡价"的低位。被低价抛售的物业对于买房者来说不也是机会吗？从炒房者手中购买的二手住房价格，难道一定会比原始售价的现值高吗？可见，舆论过分渲染了炒房者的危害，让人们不再以平常心看待炒房者。

不能用炒房者投机来解释住房价格的全国性、跨年度，甚至跨经济周期的上涨。不同地区、不同建筑地段的住房价格之间的差别，可能要比不同品牌的汽车之间的差异更大，我们甚至可以极端地将不同地段的住房看做风马牛不相及的不同商品。差异如此之大的不同地区、不同建筑地段的住房价格竟然步调一致上涨，个性化的炒房行为绝不是决定性的因素，只不过是过程中的现象而已。

不动产抵御纸币贬值的保值功能也许是其中一个比较有力的解释因素。考虑到货币供应量，住房价格的名义增长是要打折扣的。买了房子沾沾自喜的人，如果去比较一下各国货币供应量与该国 GDP 的匹配，再考虑 GDP 中的无效成分，就不再陶醉于住房名义价格的增长，而只是庆幸于不动产的保值了。那些有支付能力却与住房失之交臂的人，恐怕需要计量一下口袋里的钱十年之后的购买力了（特别是对食品、交通、衣服等基本生活资料以外的购买力）。不生息的黄金价格已经冲高到 1248 美元 1 盎司,何况能够产生租金的优质地段住房？与其惊呼资产泡沫,谴责、打击住房投机,不如反思纸币泛滥。只有保持币值的长期稳定,才有资格谈稳定房价。这方面德国的经验值得借鉴。

对于住房市场,人们往往停留在宏大叙事般的分析上,以极端的特例加上主观臆断,进行书斋式演绎,得出经济实践中难以操作甚至荒唐的结论。比如有学者说,在二手房交易中,炒房的上家与下家串通提高房屋价格,骗取更多银行贷款的现象十分普遍;同时,又有学者说,有人为了少缴纳相关税费,买卖双方串通压低房价。人们困惑了,加总之后,到底是虚增房价行为增加了政府税收,还是压低房价行为减少了政府税收?难道交易双方之间的"信任"程度如此之高,以至于多数良民甘愿冒违法风险,冒一方赖账风险,大幅度虚增或压低房价？我们周围买二手房的人不少,似乎未见用此极端手段。当然,也不否认这样的现象存在,但个案是不能作为决策的依据的。

是不是炒房者持有的住房多,住房的空置率一定高?导致住房空置的原因是多样的。房地产交易中心的低效率过户就是其中一个重要原因。从房屋出让方的房产证递交到房地产交易中心窗口后再到买受方获得新房产证的时间段内,房子往往是空置的。这段时间越长,住房资源浪费越大。减少住房空置的关键不是限制炒房,而是降低交易费用、缩短交易时间。投资者持有的有价证券,比如债券,可以通过回购,提高资金运用效率。为什么炒房者手中的房子就一定要闲置呢?炒房者手中房子的多少与住房是否闲置没有必然联系,就像一个现金资产十分富足的人起码要将钱存入银行一样,多套住房的产权人有什么理由长期限制自己的资产呢?当然,在一个住房租赁市场不够发达而承租人信用不佳的外部环境下,即使是那些长期持有两套以上住房的人,也可能倾向选择住房空置。因为住房承租人可能损坏住房,租金的收入不一定能弥补房屋装修的物力、人力投入。随着市场中介服务效率的提高,业主宁可选择空置,也不愿出租房产的行为将会减少。

　　城市化进程加剧了城市住房总供给与总需求之间的矛盾,而中心城市核心区域的资本集聚和人口集聚又加剧了高端住房的垄断与稀缺程度。同时,作为单一的土地供给方的地方政府对"土地财政"的依赖,基础设施投资效率低下,客观上也抬高了土地开发成本。这是炒房者所处的时代大背景。如果我们能够以平常心看待转轨时期的中国经济环境与土地环境,就不会对冰山一角的炒房者大惊小怪。

二、梯度消费更有利于增加住房供给

　　理想的调控房价的办法是,一方面抑制需求,另一方面增加供给。但经济实践往往不以理想的"理论"为导向,在需求预期被抑制的一段时间内,供给也会相应收缩。出于规避市场风险的考虑,银行一般在收紧消费者房贷的同时,也会对开发商关闭信贷窗口。于是就出现一调需求,供给就被动调控。比较现实可行的一个办法,就是通过住房梯度消费,以盘活住房存量替代增量的有效供给不足。与其事倍功半地控制需求,不如拓宽增加有效供给的渠道。短期内的新建住房供给,不可能形成平抑住房价格的决定性力量。形成住房有效供给,只能是住房的梯度消费"创造"出来的供应量。相对于抑制住房需求,增加有效供给是长效手段。住房需求,不管是投资、投机还是消费需求,只能短期内被抑制,一旦外部环境趋于宽松,住房的需求欲望就会重新滋长起来。

　　住房梯度消费是一个非常重要的多个市场主体行动的概念。住房消费像上阶梯那样,前面的人上了台阶,买了比原来好的房子,后面的人也跟着上台阶。假设甲、乙、丙、丁四人,甲拥有住房 A,乙拥有住房 B,丙拥有住房 C,丁为无住房。从住房档次看,A 高于 B,B 高于 C。如果他们的住房消费被合理引导为梯度消费,甲购买更高档次的住房,乙购买住房 A,丙购买住房 B,丁购买住房 C。如果按照上述梯度进行消费,则市场上因此形成的住房供应量是 4 套,如果不是梯度消费,而是丁直接购买新房(原来应由甲购买的),则甲、乙、丙依然分别居住在原有的 A、B、C 住房里,市场因此形成住房供应量仅是 1 套。

只有当住房梯度消费的梯度不是那么陡峭,而是足够"平缓"时,那些想搬到距离单位较近以便减少交通时间的人,那些退休后想找到周边环境安静且医疗条件优越的人,那些偏爱毗邻体育馆、运动场的人,那些喜欢与大学、图书馆为伴的人,才能几乎不用增加额外支出就可以置换理想的住房,并且获得更大的消费者剩余,住房资源也因此得以更有效的利用。

政府的能量再大,也不可能短期内给每个进城务工人员解决住房问题。土地和住房供给的增量不可能像工业品那样快速满足市场需求。住房的存量远远大于新增商品房,据《中华人民共和国 2009 年国民经济和社会发展统计公报》,2009 年房屋竣工面积为 70219 万平方米,其中住宅 57694 万平方米。比较现实的做法只能是一方面兴建廉租房、公租房,另一方面出台包括退税在内的政策鼓励住房梯度消费(包括租赁住房的消费行为),并以此提高住房的有效供给,降低住房空置率。

在银行信贷政策上,与其收紧银行房贷调控房价,不如给住房梯度消费者以更优惠、更便利的贷款政策。调整住房贷款政策虽然可以看到立竿见影的效果,但这种效果似乎既有悖公平正义,又损失效率。从公平正义角度看,商业银行不应该对第三套住房的持有人采取歧视政策,一个人的偿债能力和信用是银行决定放贷的主要依据,道德风险不变的情况下,一个人持有的住房资产越大(按揭贷款已经还清),违约风险可能越小。从效率角度看,差异化的银行住房贷款政策是必需的,但不能是逆向的,对优质客户反而采取更苛刻的贷款政策,这种逆向选择会降低银行金融媒介的效率。客户将自有不动产抵押给银行,银行根据市场评估价格打折后放贷,这种金融行为的风险比移动运营商给手机用户透支的风险还小。

梯度消费是对盲目追求住房均等化的否定，尽管见效不如直接打压房价的政策快，但更有利于解决住房供需矛盾。推进住房梯度消费，可以加快住房市场的结构性分化。

在住房市场发育的初级阶段或者住房价值被严重低估时期，高端与低端住房价格的分化是不明显的。高端住房价格的上涨带动低端住房的上涨，给人一种富人买房，所有的房子就涨价，其他人就买不起房子的感觉。高端与低端住房这种既不反映住房性价也不反映资产未来现金流量折现值的扭曲了的比价关系，某种程度上干扰了低收入人群保障住房的价格。随着住房梯度消费的整体推进及多层次住房市场的逐步完善，住房价格的结构性分化程度进一步提高，不同档次的住房价格分化将日益明显，高端住房价格与低端住房价格涨落的相关度将会减小，低端住房也不再与高端住房共进退齐涨落。同时，高档住房的初始销售价格将基本反映周边环境质量以及公共资源投入情况，而合理的房价预期也将反映到开发商所支付的地价上。如此，为社会诟病的房地产暴利将有所收敛。

调控高端房价对需要购买或租赁低端住房的寻常百姓似乎没有多少帮助。上海内环线以内的房子即使按现价的十分之一销售，农民工一样买不起。政府如将有限的精力放在住房的梯度消费上，可以收到事半功倍的效果。住房作为不可贸易商品，其不动产的属性为何没有促使不同地区、同一地区不同地段的住房价格分化?这里不是通常所说的价格高低差异，而是像名牌汽车与普通汽车之间的价格分化，反映商品性价比的分化。一个重要原因就是住房需求层次单一，缺乏理性的梯度消费。没有住房的梯度消费，就没有资本在各类住房的自由流动，也就没有住房市场的细分，住房价格的分化就不彻底，就不会像不同品牌的汽车那样高度分化。由于住房市场的特殊性(如刚性需求、信息不对称、交易费用大、不可移动的垄断性和唯一性等），价格发现的周期比较长，政府力所能及的只是通过信息披露一定程度上缩短这个周期，或者降低制度费用，让住房交易更加便利，而不是相反。

三、穷人安居比调控富人住房多寡更急迫

建造住房的土地空间是一定的，富人多了，穷人就少了，怎么能说穷人的安居与富人住房多寡无关呢？请注意，这里说的是穷人安居，而不是穷人个个成为业主。作为使用价值的住房占有与作为价值的住房占有是不一样的。一个人占有过多的住房空间，意味着挤占整个社会住房的总面积；而一个人在狭义所有权意义上的拥有住房，让渡住房的使用权，并不影响全社会住房资源的实际使用效率。富人住房再多，一个人也不能同时睡两张床。理性的富人一定想方设法将自己的住房出租。即使不出租，给为自己服务的家政人员居住总是物尽其用的一种表现吧。

住房的难点在穷人安居，就是穷人有房住，有满足基本条件的居住空间，有尊严地居住。穷人安居才是政府"看得见的手"的着力点。比调控房价更迫切的是让穷人有房住。穷人有房住，不仅仅是购买具有完整产权的商品房，也包括承租他人拥有的住房及政府主导兴建的廉租房。

对于收入不高但工作岗位稳定的工薪阶层，如果他们有良好的信用记录，银行贷款完全没有必要要求他们先向开发商支付 20%~30% 的首付款，再给予住房按揭贷款。这样的贷款一定是优质的，能为银行提供长期稳定的利息收入。经济适用房、廉租房、公租房政策操作起来十分复杂，既要耗费财政支出，又要防止富人搭便车，对于地方政府来说，这类住房并不是多多益善。对信用记录良好的人实施零首付贷款政策，可以大量增加中低端住房的有效供给，长期平抑住房价格。有人会反

驳,银行贷款容易了,需求过旺,房价就会涨。这是静态地、机械地看待问题,如果其他因素不变,仅仅是银行放款刺激需求,当然会推动住房价格上涨。但住房市场是多方博弈的市场,寻常百姓产生住房有效需求的同时,包括二手房在内的供给也会增加,而且会产生规模经济效应;如同一地点,开发1000套住房比100套住房分摊到单位建筑面积上的固定成本费用支出要少得多。开发商开发低端住房一样有利可图,有效供给自然增加。

有人居然将房价高企归咎于熟人之间融资。殊不知,这恰恰是银行融资效率低下、融资门槛高的表现。熟人之间融资,既是国情特色,也是银行体系以外的融资补充。有信誉的熟人之间的信任免除了烦琐的手续,大大降低了交易费用,何乐而不为?只是熟人融资还需要契约化、规范化。当然,如果一个人能够以较低的成本(包括制度成本、时间因素等)从银行那里获得贷款,熟人之间的融资自然会减少。

地方政府出台政策援助穷人的逻辑不能混乱,不能一方面殚精竭虑地抑制房价,另一方面又将经济适用房升级为普通商品房,莫名其妙地减少了针对穷人的住房供给。据2010年4月30日《新京报》报道,4月26日,住建部出台有关经济适用住房的新规定,引发经济适用房"换证"热。急于将已满5年的经适房转成商品房,千余人扎堆昌平区住建委门口。被限制上市交易的经济适用房,一定年限后,居然可以转为普通商品房,可以上市交易。这种做法有悖经济适用房为低收入阶层解困的初衷。如今,一方面政府千方百计增加适于穷人的住房供给,承诺兴建更多的经济适用房、廉租房;另一方面,又将一定年限的经济适用房转为商品房,人为提高这类住房的"产权价格",客观上等于减少经济适用房的存量。房子还是那个房子,一旦转换身份,身价就不一样了,也就不大可能为穷人安居服务了。体现公平与效率原则的做法是,要么不搞产权不完整的经济适用房,通过长期低价租赁让穷人安居,要么经济适用房不"晋升"为普通商品房,不人为制造"溢价",永远不改变经济适用房的"身份",让它一直为穷人服务。

民生工程不能成为"搭便车"工程。从纯经济层面出发,好地段盖好房子才能物尽其用,才能提高土地资源配置效率。但从人道主义和社会稳定层面看,又不能将穷人边缘化,驱赶到交通成本更高的郊区。兼顾以上两个方面,就是好地段上建造限制产权的廉价房。所谓廉价房,就是比普通住房的建筑、装修成本低得多但又必须有安全保障的住房;所谓限制产权,是对住房产权的完整性而言,如缩减土地使用权年限及永久限制转让(只允许政府回购)等。

适于普通老百姓购买或租赁的普通住房的有效供给出了问题,才导致住房领域的矛盾越来越突出。抑制住房需求对于抑制过快上涨的住房价格固然重要,也会产生即期效果。但增加住房,特别是低端住房(包括租赁)的有效供给更为重要,对住房市场的长期稳定发展更为重要。政府关注民生问题,首先应该关注穷人的住房问题。尽量改善那些没有城市户籍的城市务工人员居住环境,哪怕是简易房、集装箱改造的房子。这些人的居住权首先应当得到尊重,而不是那些希望房价降下来自己就有可能购买新住房的人。民生的改善是渐进的、多层次的,推波助澜的舆论过度强化了人们的政策预期,人们天真地以为政府"看得见的手"是万能的,将抑制房价的希望完全寄托在政府出台的政策上,而忘记了尊重不以人的意志为转移的房地产市场运行规律。

既然中国选择了市场经济(某种意义上也可以说市场经济选择了中国),就不能不尊重市场经济的游戏规则。市场经济中,经济当事人在以正当手段追求合法私人利益的同时,也在增进社会的福利。开发商开发住房追逐利润(当然可能是暴利)的同时,购房者因此拥有了更多的选择机会。是市场经济无与伦比的魅力带来了住房供给的跳跃式增长,让今天的人们居住得更有尊严,让宽敞的住房不再是权贵专属品,让单位分配住房和住房单位产权不再束缚人力资源的流动。以上海为例，从 1949 年新中国成立到 1978 年拉开改革序幕，将近三十年，上海市区人均居住面积仅从 3.9 平方米提高到 4.5 平方米。而 1978~2009 年，三十余年，人均住房面积大幅提升到 34 平方米，只有那些用玫瑰色涂抹历史且不愿正视现实的人，才会沉湎于"过去的好时光"！

四、物业税怎一个"征"字了得

开征物业税的呼声日益高涨，太多的人寄希望于物业税调控住房价格，实现居住公平。但善良的人们的善良的动机可能走向事物的反面。如果物业税的征收采取按房屋拥有量(套数、面积)一刀切的办法，不对物业的功能、使用情况加以区分，那么将背离税收调节的初衷。未雨绸缪，需警惕税收手段的滥用。

住房保有税或物业税对闲置住房资源的使用效率是有调节作用的。中国的人均耕地面积、城市人口密度、人均居住面积都不能与土地丰裕的大国相比，开征住房保有税或物业税的导向，是抑制房价、"劫富济贫"还是促进土地集约使用及住房资源使用效率最大化，关乎房地产市场的稳定和健康发展，关乎穷人安居、富人安心、社会和谐。提高住房资源的使用效率，就是空置率的最小化，多数人实际使用多数住房。

物业税是个中性的东西，是工具。它既可以促进也可以阻碍住房使用效率的提高，关键看政府是否能够科学地运用它。科学征收房屋保有税或物业税，道理很简单，你多占住房，多使用住房或空置住房，就要付出经济代价。一个人购买多辆大排量汽车，污染空气、增加碳排放、堵塞交通、挤占公共交通资源，倘若驾驶技术较差的话，还极有可能危及他人的生命，此人对社会的贡献几乎是负数。给社会带来负外部性的人至少应当缴纳更多的税。同理，一些人占有使用更多的别墅、花园豪宅，并且长期空置，除了炫耀财富就是等待不动产升值，浪费稀缺的土地资源,对其课以重税才能体现公平与效率。住房保有税或物业税征收的对象应严格限定在长期闲置无人居住或承租的低容积率的别墅、豪宅等。

开征房屋保有税或物业税不失为解决住房领域供需矛盾的一个办法,但不是唯一办法。如果换一种思路看待住房的归属、占有与使用,可能会有一个不一样的物业税政策。不管是谁拥有,只要房屋有人住,整个社会的物业资源就得以有效利用。如果一个人将自己的货币资产转化为住房这种不动产形态,等于将你的货币资源转化为不动产资源,增加了中国的人均住房面积。即使对那些名下拥有远高于社会住房平均面积的权利人,也需要按照是否有利于社会公益,是否有利于住房、土地资源的优化配置,加以具体分析。如果房主本人并不实际使用或空置住房,而是让渡给他人使用,等于为政府、为社会分忧解难,减少政府建造经济适用房、廉租房、公租房的压力,社会应该肯定其行为,并给予减税、退税,甚至补贴,而不是加重他的税负。不能简单以房屋的价格、面积作为征税的标准,即使对高端住房,也需分类考察,诸如哪些是能够产生房租现金流的,哪些不能产生房租现金流。能够产生租金现金流的住房说明没有发生空置或者空置时间不长,征收物业税时应考虑这方面的因素,采取部分或全部退税的方式鼓励房屋出租。税收本身不是目的,通过科学的税收制度安排,减少住房资源浪费、降低空置率,具有帕累托改进的经济意义。

征税可以抑制住房需求,但究竟抑制哪一类住房有效需求,尚缺乏细化、量化和科学的综合集成分析。住房有效需求的人数多寡固然可以影响住房价格,但是不是 10 个人追逐一套住房,一定比 5 个人追逐一套住房时,住房涨价的幅度大呢?住房价格与地区人均可支配收入的比例有时根本说明不了问题。因为对于外来人口较多的中心城市与外来人口较少的中小城市,人均可支配收入指标的含金量是不一样的。还有,不同收入层次具有不同的购买力和住房需求,对应的住房供给量也是不同的。比如,一座城市拥有 100 个高端小区,每个小区拥有 1000 套住房,那么,短期内,这 10 万套住房的潜在购买者的支付能力和购买意愿决定了住房价格,而不是全体市民的人均可支配收入和购买意愿。据《人民日报》报道,2009 年度年所得 12 万元以上的纳税人全国共有 268.9 万人,纳税人人均申报年所得额 34.78 万元[①]。高端住房价格与这部分人的支付能力直接相关。

不改变住房价格上涨的动力机制,滥用税收手段,硬性打压住房价格,不仅达不到帮助穷人的目的,反而让穷人更加买不起住房。在一个纸币制度被滥用、被强化的长期通胀预期的大背景下,不论怎样调控房价,都不会改变住房的不动产保值功能。只有货币不贬值,而且是真实意义上(不是统计意义上)的购买力不下降,没有更多投资渠道的普通百姓才倾向以储蓄货币替代投资住房。不改变这一大前提,即使出台住房保有税或物业税,房价增长曲线掉头向下的时间也不会太长,住房保有税或物业税也会转嫁给住房购买者和住房承租人。

政府应以动态博弈的思维,准确把握当前住房市场的主要矛盾,使用合适的、符合市场运行规律的税收调控手段。当前住房市场的主要矛盾是过旺的需求与存量住房资源亟待盘活的矛盾,解决这一矛盾需要系统的政策支持,其中针对住房梯度消费,退税就不失为一种有效办法。

征收住房保有税或物业税,不能一哄而起,采取简单化的做法。既要考虑税负的公平性,又要兼顾资源配置效率。政府不是经常在出台政策时说"有保有压"吗?为什么住房保有税或物业税不可以"有保有压"呢?更重要的是,分类管理的分类不能是简单切块,一征了事,而要尽量细分,不要打击人们保有住房、替社会增值财富、合理配置住房资源的积极性。

---

① 年所得额超 12 万元 268.9 万人主动申报.人民日报,2010-05-20(10).

五、多问几个为什么

住房之所以成为敏感话题、热点话题，是因为住房已经不再是钢筋混凝土，不仅仅是使用价值，其中还承载着生产方式和生活方式，人与人的复杂社会关系要通过住房产权表现出来。马克思在《雇佣劳动与资本》中那段著名的话用在今天再合适不过了："一座房子不管怎样小，在周围的房屋都是这样小的时候，它是能满足社会对住房的一切要求的。但是，一旦在这座小房子近旁耸立起一座宫殿，这座小房子就缩成茅舍模样了。这时狭小的房子证明它的居住者不能讲究或者只能有很低的要求；并且不管小房子的规模怎样随着文明的进步而扩大起来，只要近旁的宫殿以同样的或更大的程度扩大起来，那座较小房子的居住者就会在那四壁之内越发觉得不舒适，越发不满意，越发感到受压抑。"[①]马克思的这一论述精辟分析了住房财产的社会规定性。围绕住房这一产权客体所发生的利益关系才是决定性因素，住房本身使用价值的改进并不能解决住房领域深层次的矛盾，只要利益格局没有根本改变，即使限定每户只能拥有一套住房，也解决不了财富的初始分配问题。

房价高企，矛盾交织，是源于住房供求与政府"看得见的手"的一致行动？是源于国民不患寡而患不均？是源于购房者的贪得无厌？是源于集家族之力的非理性住房支出？是源于城市集聚效应和海量资本投入？是源于飞速转动的印钞机和铸币税？是源于住房彰显业主身份的"使用价值"和初级阶段的炫富？是源于城市土地国家垄断和过高的土地出让价格？是源于土地开发中逃不掉的制度费用？是源于日益增长的建筑、装修成本？……百问不得一解！安居之道，知难行亦难！

---

① 马克思.雇佣劳动与资本.马克思恩格斯文集.第一卷(729).北京：人民出版社,2009.

房地产应从支柱产业
归位于民生产业

张道航

　　住房作为人类生存的基本需要,本来就与民生有着天然的联系,并成为民生语境中的重要话题而受到社会的普遍关注。可是近年来我国房地产业的发展却与民生渐行渐远,过快上涨的房价给百姓生活带来了难以承受的重负。据中国社会科学院《2010 年经济蓝皮书》提供的数据,2009 年城镇居民的房价收入比达到 8.3,85% 的家庭没有购买住房的能力。这种状况固然是因为受到近年来国际资本市场价格走势的影响,但主要还是因为我国对房地产的产业定位、调控监管、公共政策等方面存在的偏差乃至缺失所致。

一、产业定位偏离民生

　　产业定位不仅是对某一产业在经济社会发展中所处地位的总体评价,同时也直接决定着产业的发展方向以及政策的支持或限制。房地产业偏离民生,首先是由于其产业定位偏离了民生。尽管实践中某些时期不得不强调房地产的民生性质,但在理论上却将其定位于国民经济的"支柱产业",从而使得房地产在模棱两可和摇摆不定的定位中越来越

作者系中共大连市委党校教授。

偏离民生。对此,我们从近几年房地产业的政策变化以及由政策变化所带来的市场走势不难得到验证。

房地产被视为"支柱产业"始于 20 世纪 90 年代,但正式作为产业定位确定下来并见诸文件则是在 2003 年。2003 年国务院 18 号文件提出:"房地产业关联度高,带动力强,已经成为国民经济的支柱产业。"然而,也就是在 2003 年以后,房价便开始以每年两位数的增幅快速攀升,2004 年和 2005 年全国住宅价格分别上涨 18.7% 和 12.6%。为了稳住房价,2005 年国务院办公厅连续出台了两个"国八条",2006 年又出台了"国六条",才使得全国住宅价格涨幅在 2006 年降到两位数以下,同比上涨 6.2%。但市场经过一段观望后,2007 年再度出现大幅上涨的一个巅峰,全国住宅价格同比上涨 16.9%。因此,2007 年 8 月出台的国务院 24 号文件开宗明义地指出:"住房问题是重要的民生问题。"这说明,见诸国务院的文件也不是一以贯之地只强调房地产的"支柱产业"地位,在某些时期特别是当房地产处于非理性扩张时,更强调房地产业与民生之间的重要关系,从这时出台的一些政策措施看,实际上是将房地产业置于"民生产业"的地位。而且,2007 年国务院 24 号文件结尾还强调:"凡过去文件规定与本意见不一致的,以本意见为准。"这在某种意义上等于否定了 2003 年国务院 18 号文件关于房地产业是国民经济"支柱产业"的定位。

正因为 2007 年的 24 号文件强调了住房与民生之间的重要关系,并从保障和改善民生的要求出发采取了一系列调控措施,加之受到国际金融危机的影响,所以 2008 年全国房价涨幅才再度回落到两位数以下,同比上涨 6.4%。但为了抵御国际金融危机带来的冲击,实现国民经济增长"保八"的任务,2008 年又再度强调房地产的"支柱产业"地位,一些地方政府为了实现"保八"的政治任务,也把房地产作为拉动经济增长的头驾马车。由此,便导致了 2009 年全国房地产市场在经过 3、4

月份的"小阳春"之后,一发不可收地陷入极度的非理性状态。据国家统计局公布的数字,2009 年无论是近 9.4 亿平方米的成交量,还是估算约 4695 元/平方米的均价水平,都创出了历史新高,全年房价涨幅达 24%。面对这种局面,2009 年的中央经济工作会议在"更加注重改善民生"的主基调下,房地产的"支柱产业"地位再度淡出。此后,无论是"国四条"和"国十一条",以及国务院和相关部门出台的各项举措,不仅加大了保障性住房的建设力度,更对抑制房价过快上涨、遏制房地产投资和投机采取了措施,房地产似乎又回到了"民生产业"的归宿。

从上述政策变化以及市场走势看,不难得出这样几个基本结论:第一,尽管 2003 年国务院 18 号文件确立了房地产的"支柱产业"地位,但在实践中这一定位并未贯彻始终,从个别时期出台的政策看,似乎又立足于"民生产业"的定位。第二,凡是强调房地产"支柱产业"地位时,市场就会火暴起来,房价也会出现上涨或反弹;凡是强调房地产的民生性质时,市场便会出现观望,房价上涨也会趋缓。第三,由于总体上和大部分时间都将房地产定位于"支柱产业",而"民生产业"的定位又从未得到过正名,因此,不仅总体上房地产业呈现非理性繁荣,房价也在大部分时间里处于过快上涨之中。

当然,房地产业的非理性繁荣和房价的过快上涨,并不能完全归咎于"支柱产业"的定位。但不可否认的是,这一定位必然会让房地产业得到多方面的政策支持,为加快产业发展和促进市场繁荣带来了诸多有利条件,而在任何一个快速发展和过度繁荣的市场上,若想让其回归理性并让产品价格降下来几乎都是不大可能的事。因此可以认为,"支柱产业"的定位实际上间接将房地产推向了非理性繁荣,并导致了房价的过快上涨。而房价的过快上涨,一方面让越来越多的中低收入人群买不起房子,另一方面又进一步推动着非理性扩张和房地产泡沫的积聚,从而使得房地产业的发展不仅与民生渐行渐远,甚至可能给国民经济发展带来隐患并让民生深陷灾难之中。

必须看到，住房作为一种特殊商品不仅可以用来满足人们的居住需要，也可以作为投资对象。因此，随着市场经济的发展，由"物的有用性"所衍生的房地产的资本属性也在不断地得以滋长。人们不仅可以将其作为财产抵押物而取得信贷资金，甚至可以在市场上进行投机炒作赚取利润。这说明市场经济条件下的房地产除了与民生相关也与资本相连，而且房地产的资本属性借助于金融工具的杠杆作用，甚至可能推动衍生资本、虚拟资本膨胀，并对宏观经济周期波动产生负面影响。从世界各国房地产发展的经验和教训看，凡是重视房地产的民生性质，并将房地产市场作为消费市场的，国家经济周期波动就比较小，如德国、法国等；凡是轻视房地产的民生性质，并将房地产市场作为投资或资本市场的，国家经济周期波动就比较大，如美国、日本等。20 世纪 80 年代末直至 21 世纪初日本遭遇的"平成恐慌"以及 2008 年引发国际金融危机的美国"次贷危机"，无不同房地产的过度投机有着直接关系。

就世界现有的经济模式而言，还没有哪一种模式的成功是靠房地产撬动的。因为房地产不具有引领经济整体向上的创新力，迄今为止人类也没有发生类似于互联网革命式的"住宅革命"，能将住宅领域的效率提升和推进至每个领域。相反，当房价达到疯狂之巅时，往往意味着这种模式的失败。尤其是我们当今所处的时代，与资本主义工业化初期乃至 20 世纪的状况都大不相同。面对世界经济科技发展的新趋势，以及现代化进程中已经出现和可能遇到的问题，当代中国应当将高科技、文化、教育等"智慧产业"作为国民经济发展的主导乃至支柱产业。至于房地产业，则应彻底归位于"民生产业"。其实，无论是从国计还是民生的角度讲，一个定位于"民生"的房地产业对于中国至关重要，说它是"支柱产业"也不为过，但不是作为拉动 GDP 增长的"支柱产业"，而是以保障民生为宗旨、以完善住房保障为重要内容、以实现住有所居为目标的"民生型支柱产业"。

二、调控监管过于温和

由于房地产业与金融这个现代经济的核心有着千丝万缕的联系，并对经济全局产生重大影响，因此，任何一个国家的政府都要对其施以必要的调控乃至监管，我国也不例外。但近年来我国的房地产却陷入一种"调控——观望——反弹"的怪圈，而且这种怪圈每经历一次循环往复，房价都会攀升到一个新的高点，即所谓"且调且涨"、"越调越涨"。这种现象实际上已经隐约告诉我们，政府的宏观调控出现了问题。

追溯本轮房地产宏观调控，最早应当始于2003年。尽管2003年宏观调控的初衷似乎是为了抑制钢材、水泥、电解铝等产业的低水平重复建设，其实也是针对房地产的。因为正是房地产的过热才拉动了对钢材、水泥、电解铝的过热需求，而且就在这一年国家有关部门也对部分城市的房地产投资过热发出了黄牌警告。2003年9月21日中央银行将银行存款准备金率由6%提高到7%，2004年4月25日再次将存款准备金率提高了0.5个百分点，2005年3月17日又上调了个人房贷利率，将调控目标直接指向了房地产。在收紧银根的同时，2004年开始收紧了土地的供给，年初便确定半年暂停农用地转用审批。8月31日起停止土地协议出让，所有商业用地一律通过"招拍挂"的形式。10月22日以后，国务院及相关部委采取了一系列所谓"严格"土地使用的政策。在收紧"银根"和"地根"以达到稳定房价的同时，2005年的后"国八条"还对保障性住房的建设提出了要求。2006年出台的"国六条"则侧重于住房供应结构的调控，并划出90平方米以下的商品房必须达到开发建设总面积的70%以上。2007年的24号文件，在此前的基础上进一步强调，增加保障性住房的供给及其制度的完善。面对2009年部分城市房价的过快上涨，不仅出台了"国四条"和"国十一条"，2010年"两会"上温家宝总理的政府工作报告就遏制房价上涨又提出了四条措施。

然而，这些调控总体上是温和的，包括对住房价格和住房供应结构的调控以及对房地产投资投机的遏制，都缺少具有可操作的实质性措施。2010年"两会"过后，部分城市"地王"的轮番再现以及房价的再度大幅上涨，说明这种温和的调控不仅不能达到稳定房价和完善住房供应结构的预期效果，也无法有效地抑制房地产投资投机过热。再加上地方政府出于自身利益的"不作为"，甚至是逆向调节"乱作为"，不仅让中央政府的调控目标难以实现，反而推动房价进一步上涨和住房供应结构更趋失衡。就在这种局面下甚至还有人提出，我国各个城市之间发展差距大，不宜制定统一的房地产调控政策，房地产调控应当"各自为政"。可是要知道，当今世界所有市场经济国家的宏观调控都是被置于中央政府的统一掌控之下的，即使像美国那样经济自由化程度较高的国家也同样如此，因为各行其是就无法实现宏观调控的目标。所以，为了实现调控目标，中央政府必须对地方政府的行为予以有效规制，使各级地方政府能够协调一致地按照中央政府的统一部署行事，不但不可以"不作为"、"慢作为"，更不可以为了局部或眼前利益倒行逆施地"乱作为"。

市场经济条件下的政府在履行宏观调控职能的同时，还必须对市场施以必要的监管。这种监管的目的不仅是为了维护市场秩序，实现资源的优化配置，也是为了促进社会公平。而价格作为市场的灵魂，必然成为政府对市场实施监管的重要内容。当然，面对市场上难以计数的各种商品价格，政府没有能力也没有必要实行逐一的价格监管，只能对那些与国计民生直接相关的重要商品或服务的价格施以必要的监管，诸如奢侈品等非国计民生所必需的商品或服务，则可以放开由市场自行定价。但是，住房作为与民生密切相关的特殊商品，无论是它的销售价格还是租赁价格，在许多市场经济国家都是被置于政府监管之下的。譬如，德国法律规定：房价、房租超高乃至暴利者要承担刑事责任。如果地产商制订的房价超过"合理房价"的20%为"超高房价",根据德国《经济犯罪法》就已经构成了违法行为;如果地产商制订的房价超过50%则为"房价暴利",已经触犯《刑法》构成犯罪,出售者将受到更高罚款,甚至最高可判处三年徒刑。至于什么样的房价才算"合理房价",国外通行的标准是,房屋开发的全部成本再加上5%~10%的开发利润。

依据上述标准可以断定,目前我国房地产市场上的住房销售价格大都超出国外通行的"合理房价"水平。特别是2009年楼市"小阳春"以来,有些城市的房价一天一个样翻着番地上涨,房地产"暴利"成为不争的事实。但是,开发商以及房地产投资和投机者的暴利行为却并未得到应有的处罚,从而使得房价被无所顾忌地一路推高,房地产泡沫日趋膨胀。这种局面如果不改变,不仅会让民生难堪重负,也会给国家经济带来巨大隐患。因此,2009年的中央经济工作会议明确提出遏制房价过快上涨,国务院及相关部门也连续出台了相关的政策措施。但从这些政策措施的内容看,主要还是集中在增加市场供给以及抑制投资投机的市场调控上,缺少市场监管尤其是对房价实施监管的具体内容。市场调控通常是针对市场上出现的暂时失调而采取的临时措施,具有短期性特征;而市场监管则是为了保证市场的有序运行所实行的强制手段,并具有长期性特征。为了彻底改变房地产"调控——观望——反弹"的尴尬局面,政府不仅应当对房地产市场施以必要的调控,同时也应借鉴国外经验建立起房价监管制度,对住房销售和租赁中的价格"超高"和"暴利",施以必要的处罚和打击。

目前世界上多数市场经济国家都制定了《反暴利法》,以此作为打击各种暴利行为的法律依据。我国尽管在1995年经国务院批准,国家计委发布实施了《制止牟取暴利的暂行规定》,但是收效甚微,原因在于这部暂行法规的多处内容具有不可操作性。只有出台一部具有可操作性的《反暴利法》,并依据已有的《统计法》《价格法》弄清房价成本,在此基础上依法实施对房地产暴利的市场监管,才能有效遏制暴利行为,维护市场均衡和防止价格欺诈。如此一来,政府对房价上涨过快的市场调控也可以不必过度依赖临时的行政干预,而是转向长期的法律框架内的市场监管,这不仅能够有效遏制房地产暴利,同时也有利于促进房价的长期稳定和趋于合理。

三、保障性住房建设严重滞后

市场机制在促进效率提高的同时,也存在着将人与人之间的资源占有差距拉大的弊端,即经济学所说的"社会发展目标异化"现象。为了克服这一弊端,就需要建立起相应的公共政策体系来保障基本人权,并通过资源的再分配维护社会公平、实现社会稳定。住房保障政策就是公共政策体系中不可或缺的重要内容,出于维护社会整体和长远利益的需要,社会必须通过住房保障政策帮助那些依靠自身能力无法解决住房的低收入困难人群,让他们也能住有所居。

但在我国房地产业发展和住房分配制度改革的进程中,住房保障政策的实施和制度体系的建设却严重滞后。1998年的住房分配货币化改革尽管对解决城市低收入人群的住房问题作了相应的要求和部署,可是在这之后,地方政府纷纷将主要精力倾注于住房分配货币化改革。公房出售成了当时许多地方政府压倒一切的改革任务,住房保障根本就未能提上日程,从而出现了住房市场化改革与住房保障建设不同步的现象。随着住房市场化程度的不断提高,这种不同步的改革所带来的矛盾也充分显露,住房问题尤其是低收入人群的住房问题成了社会关注的焦点。于是,2005年5月9日国务院下发的后"国八条"明确提出,要加强经济适用住房建设和完善城镇廉租住房制度,国家建设部还进一步要求,到年底所有地级以上城市都要建立起廉租住房制度。但截至2005年年底,全国291个地级以上城市中,仍有70个未建立廉租住房制度,即使那些已经建立了廉租住房制度的也有许多是象征性的,与实际需要相距甚远。截至 2007 年 10 月底,全国累计只解决了 68.1 万个城市低收入家庭的住房困难,按当时建设部的测算全国有 1000 万个(后改为 1540 个)住房困难家庭的话,这样的解决速度需要将近 30 年才能完成。2007 年是继 2004 年之后房价又一次突飞猛进的一年,这一年全国商品房房价同比上涨 14.8%,其中住宅价格上涨了 16.9%。房价的"大跃进"让决策层意识到,房地产业发展的另一条腿——住房保障的短缺正加剧着市场失衡。因此,2007 年 8 月 7 日国务院下发了《关于解决城市低收入家庭住房困难的若干意见》即 24 号文件,在这个文件中,住房保障被明确定性为政府公共服务的一项重要职责,这一年也被舆论称之为"民生地产元年"。当 2008 年遭遇国际金融危机之际,为应对危机中央出台的十项措施中第一项就是重启"安居工程",并计划到 2010 年投资 9000 亿元建设保障性住房,以此可解决 750 万个家庭的住房困难。从 1998 年住房分配货币化改革到 2008 年再次启动"安居工程"已经十年,住房保障才算真正提上日程,并有了落实的时间表。

然而,目前我国的住房保障依旧停留在政策层面,不仅这些政策的落实还缺少组织保证和资金支撑,而且政策界限不清晰,甚至连保障方式也极不规范。自 1998 年住房分配货币化改革以来,全国出现的各类具有保障性质的"房子"不下 30 种,其中有些保障方式本身就存在着明显的缺陷。以各地住房保障主打的经济适用房为例,从一开始就存在非议,有人甚至把它称作"有缝的鸡蛋"。2005 年北京"天通苑"等经济适用房住宅小区发号时,竟有上千人如同买萝卜、白菜一样排队买房子,几天几夜地等候,甚至雇人排队。从这种令人瞠目的场景就可以断定,经济适用房背后一定存在某种悖谬。但这其中的悖谬历经数载也未能得以纠正,仅 2009 年 6~8 月的两个月时间,被媒体曝光的经济适用房作弊事件就有:武汉经济适用房摇号摇出"六连号",北京经济适用房大量出租,郑州经济适用房用地建起了"经济适用别墅"群,山西吕梁经济适用房变身商品房,等等。不仅经济适用房,包括限价房在内,同样是"有缝的鸡蛋"。住房保障的不规范不完善,不仅难以实现政策的初衷,而且还浪费了宝贵的福利资源并带来许多新的社会不公。因此,要从根本上解决我国住房保障存在的问题,就不能仅仅停留在政策层面的修修补补,而是必须加快制度建设。只有以科学规范的制度体系覆盖整个社会,才能在提高福利资源配置效率和促进社会公平的同时,实现住房保障的广泛覆盖和可持续。而在所有的住房保障制度中最核心的当属法律制度。2008 年 10 月,十一届全国人大常委会出台了五年立法规划,其中就包括《住房保障法》。其他国家或有《住宅法》,或有住房的基本救助措施,但却没有《住房保障法》。显然,我国所要制定的《住房保障法》不仅需要法律创新,而且也应当更加注重住房对人民生活的保障功能。为此,就应当从以下几个方面对住房问题作出相应的法律规范。

第一,确立公民享有合理住房的权利。作为一项基本人权,住房权具有与生俱来的优先性,并成为房地产业存在与发展的天然公理。因此,有关房地产业和房地产市场的法律制度、发展模式、运作规则、利益分配与调整等,只能在这个基础上建立、延伸与拓展。

第二,明确房地产业的民生性质及其决策程序。许多人认为《住房保障法》是为保障性住房而制定的专门立法,这种理解其实并不全面。不可否认,保障性住房是这一法律的重要内容,但《住房保障法》的内涵更广,比如说,不能住进保障性住房的中等收入人群,他们享有合理住房的权利也应通过中低价位商品房得到保障。因此《住房保障法》必须对房地产业的发展从法律层面作出规制,才能确保每一位公民都能享有合理住房的权利。

第三,明确政府责任。政府不仅要负责住房以及社会基础设施的统一规划,而且住房建设供应、交易秩序维护、住房消费分配等各个环节都要有政府参与,尤其是对低收入困难人群的住房保障,政府更是责无旁贷。制定《住房保障法》就是要将政府的政治意愿及其自发行为规范为强制性责任。

第四,明确住房供应主体及模式。《住房保障法》应对住房供应体系重新进行审视和调整,确立政府、单位、开发商"三位一体"的住房供应模式。与此相应,住房供应对象或市场也应当由三部分组成:一是完全的商品房市场,这个市场的住房可以是消费品也可以是投资品;二是有支付能力的中等收入人群的普通商品房市场,这个市场以消费性需求为主;三是为不具备住房支付能力的低收入人群提供的廉租住房或租金补贴,以及为具有一定支付能力的中低收入人群提供的经济适用房,并完全由政府制定准入规则来分配。

第五,明确受保障与资助的群体。就我国而言,现阶段还难以实行普遍性住房保障,只能遵循"选择性"原则,并按困难程度确定救济或救助顺序。但是《住房保障法》也应将法律构建的实效性与前瞻性结合起来,为将来实现城乡一体化的住房保障留出空间。

第六,明确保障水平或标准。住房保障所要满足的是人们的最低要求,要想住上更好的房子,甚至满足个人对房产所有权的欲望,不可以通过住房保障来实现,而是通过个人的努力和奋斗。中国的改革和发展要想获得最终的成功,就要鼓励更多的人通过自身努力积累财富,包括拥有自己的房产,而不是通过政府或社会的救助来获取。

国企退出房市应谨慎 | 杨枝煌

不久前北京接连出现几个"地王"，这些"地王"均由央企下属企业或有央企背景的企业拍得，舆论一片哗然。3月18日下午，国务院国资委召开新闻发布会，公布了央企地产业务的具体情况。国资委表示，除16家以房地产为主业的中央企业外，还有78家不以房地产为主业的中央企业正在加快进行调整重组，在完成企业自有土地开发和已实施项目等阶段性工作后要退出房地产业务。一时间，央企是否该退出房地产业引起激烈争论，笔者经过比较研究认为，以行政手段明令国企退出房地产业是一种反市场行为，应该纠正，国企退出房地产业应缓行慎行。

一、国企不应退出房市的理由

（一）国企退出房市困难重重

第一，国企和民企已经在房地产业这一平台上实现了共生共长的局面，国企遽然退出，会造成市场关系的重新组合，必然造成市场摩擦而产生一个磨合期。国企通过高价拿地支撑了政府土地财政，政府财政

作者系北京大学社会、经济与文化研究中心教师。

对国企已产生锁定和依赖。由于国企还有本身原有的主业,早已将房地产业的很多环节外包,甚至进行地块倒卖,这样形成了一个国企民企共生环境。如果一旦全部退出,所有的承包合作关系将进行新一轮市场化的委托代理,原有的服务外包关系被打乱,从而造成一定时期的发展脱节与发展真空。

第二,国企承接的中国房地产市场盘子大,国企遽然退出没有过硬的接盘手,将造成房地产市场窒息。地王之所以都被国企拿走,是因为它们拥有民企所没有的控制力和影响力。而一旦国企退出,民企无法接手,或者囫囵吞枣,这必然导致房地产业疲软,或者拱手让给外资企业。因为民企在房地产中的利润是远远高于国企的,在它们已经赚得盆满钵满的情况下,它们可能宁愿观望等待国企贱卖地王或其他房地产资产。

第三,房地产本身就不是一个完全竞争的市场,特别是土地市场的高垄断性,导致了政府强制征地、强制拆迁、土地"招拍挂"、农民出让土地、银行贷款等环节中的种种不规范,纯由民企参与招投标也避免不了其中的贪污腐败现象,因为现有的民营房地产开发商大都没有足够的自有资金进行投标和开发,必然铤而走险求助于政府和银行,这就很可能产生一些不正当的交易,造成新的市场扭曲,不可能脱离"清退令"治标不治本的现状。

第四,在世界经济整体复苏的大背景下,中国经济再保持一段时间的持续增长已经没有悬念。在这种情况下,土地作为不可再生的稀缺资源,随着进一步开发利用,土地价格不会因国有企业的退出而降低。在没有国有企业涉足的地方,土地市场也在升值。国有企业介入房市,只是让房地产价格上升的时间提前到来罢了。国有企业退出,并不会造成房地产价格下降,无数的民营企业和外资企业都在翘首以待,期望以更低的价格获得土地,然后以更高的价格卖出房子。

第五,对一个企业而言,由于利益的路径依赖作用,在巨大的经济利益面前,有关国家利益和政策要求难以起到真正的约束和威吓作用,占尽政治优势、资源优势、市场竞争优势,但又不担风险的国有企业必定不会"善罢甘休"。被暂时清退的非房地产主营业务的央企、省企、市企,仍然可以通过多种渠道,以多种方式再次介入房地产业。而且,房地产业中,民企利润最高。在对手减少的情况下,民营房地产企业的利润将更加可观,恋恋不舍的国有企业必定会眼红,而以另外的形式"变相"杀回来。首先,许多央企是以企业集团的形式存在,一般都有子公司、孙公司,甚至还有曾孙公司。由于国资委目前并没有细化央企退出房地产市场的具体操作方案,78家央企退出房地产市场容易操作,而其下属的企业以各种形式参与房地产业,就难以被察觉和监管。其次,可以通过与民营企业合作甚至控股的方式,由央企投资、民企开发,变着花样进入房地产市场。

第六,房价上升并非国企参与房市导致。房价上升,谁是推手?政府财政主要靠卖地,因此政府热衷于炒地,以提升经济增长业绩;法律没有禁止炒房,政府同意居民炒房,因此造成房地产商捂地囤地,富商捂房炒房,哄抬房价。政府一旦打压房地产市场,必将更加失去公信力,骤然破坏房地产业的非理性繁荣,必将引起经济恐慌,因为政府还没有找到其他替代房地产业的支柱产业。房地产业虚高,原因何在?中国房地产业集中了全社会大量的资金,其他行业和实体经济缺乏投资机会,特别是股市疲软,许多企业转向房地产市场,造成了今天土地和楼市的高价局面;中国人传统观念所致。每个人奋斗一生,必须有一套房子居住,因此现在买房者除了富商以外,还出现了2+4现象,即一对小夫妻的工资加上双方父母的养老金或积蓄,使得房地产商拼命地抬高房价,拼命撑大泡沫而不怕泡沫破灭。

(二)国企退出房市可能导致税收减少

当今经济条件下,国有企业仍然是国家税收的一大来源。在当前抗击金融危机,实现保增长、保民生、保稳定的前提下,房地产作为我国经济重要的支柱产业一点也不能动摇,不但不能动摇还要进一步发展,因为它关联度高。房地产关联 100 多个行业,上游可以拉动钢铁、水泥,还可以一直拉动到家用电器,甚至纺织业。因此,国企突然退出房地产业,必将使房地产发展预期受到冲击。因为如果国企退出市场,理智的民营房企也可能收缩发展计划,消费者必将进一步持观望态度,从而无意中集体合谋戕害了房地产业艰难恢复的强劲复苏。而房地产业衰落将使任何所有制性质的房地产企业业绩受损,从而影响税收,最终影响整个国家的经济社会发展。

(三)国企退出房市也不现实

第一,国资委清退令针对的是 78 家不以房地产为主业的央企下属三级以上房地子企业,不包含以房地产为主业的 16 家央企。因此,这一强制性措施的及时出台,虽然反映出政府去除楼市泡沫、稳定房地产市场的决心,并对前期央企在房地产市场横冲直撞、呼风唤雨的行为起到一定程度的遏制作用,对老百姓来说应该是一个利好消息。但目前形势下,央企难以真正退出房地产市场。从地位和分量上讲,还能继续从事房地产业务的 16 家央企的地产总额,占全部中央企业房地产板块资产总额的 85%,净利润占全部中央企业房地产业务净利润的 94%;而要求退出的 78 家不以房地产为主业的央企下属三级以上房地产子企业共 227 家,虽然数量上约占总数的 60%,但销售收入仅占到 15%,利润只占 6%。也就是说,被勒令退出的企业在房地产市场上可有可无,央企大量的房地产业务并没有退出,剩余的 16 家央企照样可以凭借其垄断地位和庞大资源,称雄房地产市场。

第二,国资委的清退令无法限制不属于其直管的其他大型央企和地方国企。例如,中信地产隶属于中信集团,而中信集团是国务院直属企业;中国烟草旗下的中维地产今年 1 月刚成立,而中国烟草隶属工信部;由保监会主管、中国人寿投资的"嫡系"房地产企业"国寿地产有限公司"继续"招兵买马",逐鹿市场。

第三,国资委其实对于直管的企业也没有多大限制,因为央企的领导都是中组部任命,国资委只是负责业绩考核,而国企由于其垄断性以及同政府千丝万缕的联系,其业绩往往不会差到成为国资委刁难的借口和惩罚的把柄。因此,行政手段对于央企来说可能只是形式上或者一阵风似的告诫而已。

(四)国企退出房地产不一定降低房价

2004年,福建省国资委下发了《福建省人民政府国有资产监督管理委员会关于严格控制省属企业投资房地产项目的通知》(闽国资规划[2004]29号),要求省属国有资本要逐步退出房地产领域。当时的社会也是一片欢腾,以为从此房地产市场将归于平静。然而,房价的发展趋势却完全出乎所有人的意料。2004年,福州房价微幅上涨。当年上半年,福州商品房均价为3196元/平方米,同比上涨3.1%,其中住宅均价为2843元/平方米,同比上涨了5.2%。2005年时,在福建省国有资产开始退出福州房地产市场时,福州房价开始飙升,涨幅首次突破了10%。据福州房地产信息网(由福州市房地产交易登记中心主办)公布的数据显示,2004年,福州商品房平均交易价格为每平方米3262元,而2005年时达到了每平方米3798元,上涨了16.43%。进入2006年,摆脱了政府调控的福州房价更加牛气冲天。2006年一季度,福州市市区房价涨幅超过了20%。福州市市区商品房平均交易价格4159元/平方米,同比增长了20.73%,其中住宅3733元/平方米,同比增幅达19.99%。尽管政府已经意识到事态的严重性,并多次声言要稳定房价。但是,失去了国有资产调节的福州房地产市场,如脱缰的野马,再也不受任何约束开始一路狂奔。2007年,福州房价从1月份的平均4998元/平方米,一路猛升至12月份的平均7624元/平方米,比2006年年底的平均房价上涨了 83%。此后,政府对房价的高速上涨完全无能为力。到 2009 年,福州房价终于站上了 1 万元/平方米的高峰!进入 2010 年,福州的房价继续在 1 万元/平方米之上震荡。国有资产退出福州房地产市场,并没有给福州人民带来任何好处,反而促使房价如脱缰野马,一飞冲天。算起来,福州目前的房价,已比国有资产未退出时的 3196 元/平方米翻了近 4 倍。

二、对国企开发房市必须进行监管

(一)从法律上重新界定国有企业,规范房地产开发

第一,规定好国有企业的边界,规定现有国有企业的改革路径和方法,这是做好新一轮国企改革的前提。《公司法》第 64 条第 2 款规定,国务院确定的生产特殊产品的公司或者属于特定行业的公司应当采取国有独资公司的形式。"特殊产品"主要指生产货币、法定纪念币、邮票、预防用生物制品、具有军事用途的核心产品及关键部件等产品。至于"特定行业",即涉及国家安全的行业、自然垄断行业、提供重要公共产品和服务的行业以及支柱产业和高新科技产业中的重要骨干企业。一般认为国有独资公司的主要行业为涉及国家安全的行业和自然垄断的行业。这种重新定位,使国有企业找到合适的位置,可以更游刃有余地发挥其主导作用,也更有利于社会主义市场经济的发展。这样让国有经济在其能发挥特有功能的部门得到加强,全社会福利才能增加,政府宏观调控政策才能得以顺利实施,国民经济整体效益才能得到提高,国有经济在国民经济中的主导地位才能真正体现出来。

第二,房地产开发规范必须严格规定,开发企业必须由全额自有资金进行买地,买地后不可进行转让而且必须在三个月内开工。开发前必须进行绿化等基础设施建设,卖房时必须保证质量过关。总之在购地、设计、建设、销售、售后服务等各个环节进行严格的规定。尤其是必须取

消住房预售制,因为它是一种不合理、不健全、不完善的制度,是一种引发和积聚房地产金融风险的制度,可以说是最大的非法集资制度。

(二)实现对国有企业的市场化监管

中国的事情,要想切一刀就必须一刀切,否则就可能前功尽弃。"两会"结束后,财政部首度公开了年度中央国有资本预算收入和支出两张表。2009 年纳入中央国有资本经营预算编制范围的中央企业实现利润总额 9655.6 亿元,净利润 7023.5 亿元,但上缴税后利润加股息收入总额才为 421 亿元(只占央企净利润的 6%左右),而 421 亿元中只有 10 亿元进入公共财政,其他的都以各种形式回到企业。其他剩余利润投向哪里却没有公布。有学者因此指出,这种行为已经完全颠覆了国有企业的公有性质。过去有长达十几年不交利润,现在交利润了,却又极少。这同时也说明股东,或者说全国人民对国有企业是失控的。换言之,现有企业治理结构改革仍然是失败的。国有企业一直宣称对我国财政有巨大贡献,但现在只有很少一部分利润进入公共财政。本来国有企业的利润,或相当一部分利润应该上缴国库,但现在绝大部分由管理层决定用途。有相当一部分用于给自己发奖金,用于奢侈的在职消费,还有就是用于企业再投资。因此,我们必须早日做到对国有企业的市场化监管。从财务制度上,规定不管是国资委管理的企业、国务院直属企业、其他部委直属企业或者地方政府主管的企业,都必须建立单一账户,指定银行指定账户进行交易;从财税制度上,规定国企所有利润必须 100%纳入监管,对于超过利润 5%以外的收入全部上缴国家财政,否则大头利润留存企业,将助推"国进民退";从金融放贷上,对金融机构每一笔贷款进行从头到尾的严格管控,严格控制金融机构违规贷款;从招投标制度上,改进土地交易方式,控制非理性土地竞价,设立地价合理区间,增加配建保障性住房和承担公益性设施建设等要求作为土地竞买条件,不只是"价高者得";从土地供应上,应加大政策性住房和普通商品房的土地供应,暂时不再安排热点地区高价土地交易,以稳定土地市场。

(三)建立国民财富分配基金和国民住房基金

换言之,财政通过国民收益基金在扣除一定行政预算后将国企利润和土地收入分到每个人头上,或者在国民自愿同意的情况下交社保基金管理,或者将国企收入用于保障房建设,让每个居民拥有第一套住房,真正实现居者有其屋,实现住有所居。国民住房基金可以通过招投标制度,将建设保障房的任务委托给各种所有制企业。

(四)国企必须承担起建设保障房的社会责任

国有企业应该保持一定的规模,保持一定的范围,比如限制在提供准公共品或有严重市场失灵的产业的范围,而不应该不断扩大。在公共品与准公共品领域,国有企业应该摆正位置,把自己的社会责任放在第一位。国有企业应该在保障性住房建设中发挥重要作用。中央、地方要为国有企业投资房地产划定范围,只能开发廉租房、经济适用房、安置房、小户型等满足普通老百姓需要的房子,不能开发别墅、高档住房、高尔夫球场、高级酒店、大面积住房等普通百姓不能沾边的房子。也就是说国企应该去造低价房,去建基础设施等民生工程,当然得按照市场的方法行事。同时,国企还可以肩负起房地产业走出去的重大使命,促进国家"走出去"战略的贯彻实施。

改革与发展

REFORM AND DEVELOPMENT

不要崇拜或妖魔化GDP

经济高增长面临的七大矛盾

战略新兴产业何处借力

中国在全球金融发展趋势中的选择

不要崇拜或妖魔化 GDP | 赵振华

1968 年联合国规定用 GDP 来统计一个国家或地区的经济总量，这一指标被诺贝尔经济学奖得主萨缪尔森教授称之为 20 世纪最伟大的发明。时至今天还没有一个更好的指标可以代替它，同时，该指标也暴露出了一些缺陷。本来 GDP 只是一个统计指标，可是到了我国就被赋予难以说得清道得明的诸多含义，让人一头雾水，摸不着头脑。一个时期以来，关于 GDP 指标，社会上出现了两种完全不同的倾向，一种是以地方政府为主要代表的过度追求 GDP，将其作为考核地方政绩的主要的甚至唯一的标志。虽然不少地方政府口头表态不以 GDP 论英雄，但骨子里仍然唯 GDP 至上。另一种就是以个别学者为代表的要求彻底废除该指标，只看到其缺陷而看不到其本身所具有的统计意义的一面。因此，我的观点是对 GDP 既不能盲目崇拜，也不能将其妖魔化。

一、GDP 是一个统计指标

GDP 是测算一个国家或地区经济活动量的一个指标。根据我国最权威的统计机构——国家统计局给 GDP 下的定义，就是指按市场价格

作者系中共中央党校经济学部主任、教授。

计算的一个国家(或地区)所有常住单位在一定时期内生产活动的最终成果。它有三种形态，即价值形态、收入形态和产品形态。从价值形态来看，它是所有常住单位在一定时期内生产的全部货物和服务价值超过同期投入的全部非固定资产货物和服务价值的差额，即所有常住单位的增加值之和；从收入形态来看，它是所有常住单位在一定时期内创造并分配给常住单位和非常住单位的初次收入之和；从产品形态来看，它是所有常住单位在一定时期内最终使用的货物和服务价值减去货物和服务的进口价值。这里之所以把 GDP 的含义原封不动地列举出来，目的就在于告诉大家，它仅仅是一个测算指标而已，没有别的意思。无论是哪种形态和计算方法，其目的都是一样的，也就是告诉人们一个时期一个国家或地区提供了多少物品和劳务。

二、GDP 大体反映一个国家或地区的发达程度

因为从这个指标本身可以看出一个国家或地区在一定时期内比如一年能够提供的物资和劳务总量，能够提供得越多，反映该国家越发达；反之，则不发达。如美国一年的 GDP 总量可达到 14 万亿美元，而有些小的国家或地区一年只有区区 1 亿美元。但是又不能仅仅依据 GDP 总量来判断发达程度，因为国土面积不同，人口不同。如新加坡的 GDP 总量虽然只有 1000 亿美元，但这是在区区 1000 平方公里的国土面积上仅仅由 400 多万人口创造出来的，与北京市海淀区的面积和人口差不多，所以新加坡是理所当然的发达国家。中国的 GDP 总量虽然已经超过 4 万亿美元，但这是在 960 万平方公里的国土面积上由 13 亿人口创造出来的，因此中国只能被列在发展中国家的行列。而且这个指标只是大体反映，不准确。比如，粮食、水果等农产品的产量，不像工业品那么准确，只是估计而已，绝对不可能把全国所有土地上的农产品一秤一秤地加总起来。再比如，不少发达国家把家政劳务算做第三产业，我国

则在这方面存在低估的现象,丈夫在家打扫卫生,妻子洗衣服做饭等就没有统计。

三、GDP 增长率大体反映宏观经济运行情况

任何一个国家或地区在任何一个时点上都会不断地提供新的产品和劳务,GDP 增长率时时刻刻处于不断变动之中。从不断变动的增长率中可以大体判断宏观经济运行状况。如果增长率持续稳定,表明宏观经济运行状况也比较稳定;如果从低位向高位运行,表明国民经济状况向好,当然,如果超过了整个国民经济的承受能力,出现了通货膨胀,表明国民经济出现了过热;如果 GDP 从高位向低位运行,特别是进入过低区间,甚至出现了通货紧缩,表明国民经济过冷。过热或过冷都是国民经济恶化的表现。我们不能判定 GDP 增长率是提高好还是降低好,这要看具体的经济运行状况。如果经济过热,那么经济增长率降低一点是好事;相反,如果经济增长过冷,经济增长率提高一点是好事。同样的增长率对不同国家或地区代表的意义也不同。如果从现实经济运行情况来看,中国经济增长率低于 8%,就属于低位运行,经济就进入比较冷的区间。而美国等发达国家经济增长率如果能够达到 4%,一般认为就是高位运行。经济增长率只是衡量宏观经济运行状况的一个指标,不是全部。除了 GDP 增长率之外,衡量宏观经济运行指标的还有通货膨胀率、失业率、汇率、外贸进出口状况、经济结构等一系列指标。同样的GDP 增长率,在其他指标不同的情况下,代表的意义也不同。比如,8%的经济增长率,如果通货膨胀率是零增长甚至是负增长,一般认为过冷了;如果通货膨胀率在 1%~4%之间,就认为是适度的;如果通货膨胀率超过了 4%,就意味着过热。

四、GDP 作为统计指标有着自身难以克服的缺陷

作为一项统计指标,GDP 有其客观性的一面,但也存在缺陷。一是不能反映居民生活改善状况,也就是说 GDP 与居民生活改善未必呈现一一对应关系。从历史和现实来看,有时候 GDP 在增加,但居民收入水平并不一定按同样比例增加甚至还会出现降低的情况。如 1978 年我国 GDP 总量是 3624 亿元,是 1957 年 1068 亿元的 3 倍多,但城镇职工平均工资 1978 年为 615 元,比 1957 年的 624 元还少了 9 元,显然二者不一致。特别是 GDP 本身更不反映分配的结构问题。同样的 GDP 总量,在有的国家收入差距比较合理,有的国家则收入差距比较大。二是存在重复计算问题,如有的产品既是上游的终端产品,又是下游的初级产品或原材料,在 GDP 统计中被重复计算了。三是不能准确反映经济结构状况。作为最终的统计指标,反映的是总量变化而不是结构变化。从不同产业来看,同量的 GDP,有的国家或地区有可能主要是由第一产业提供的,有的国家或地区可能主要是由第二产业提供的,还有的国家或地区可能是由第三产业提供的,不同产业创造 GDP 的比重反映出一个国家(或地区)的发达程度不同。从需求结构来看,拉动经济增长的动力主要有三驾马车,即消费需求、投资需求和出口需求,但对于不同的国家或地区三驾马车之间则有不同的比例结构,有的国家主要由消费需求拉动,有的国家主要由投资需求拉动,还有的国家主要由出口需求拉动。同样的消费需求,有的国家以消费初级产品为主,有的国家则以消费高档耐用消费品为主;同样的投资需求,有的国家主要依靠政府投资拉动,有的国家主要依靠社会投资推动;同样的出口需求,有的国家以出口技术密集型产品为主,有的国家以出口劳动密集型产品为主。四是不能反映投入和产出关系,因为 GDP 只是统计一个国家或地区的总产出,因此不能反映投入产出比例,从而也不能反映经济效率。五是 GDP

本身只反映产出量,不反映对环境的破坏程度。因为经济增长在一定意义上总会对环境产生或多或少的影响,但 GDP 本身难以反映环境与经济增长之间的关系。不少国家和地区曾经有过伴随 GDP 增加而环境遭到严重破坏并形成一系列恶性事件的沉痛教训。

五、中国的 GDP 与国外的 GDP 存在差异

一是同量 GDP 增长率,给发达国家带来了更多的社会福利,如更多的就业、更多的收入。原因何在?难道这能够用橘生淮南则为橘,生于淮北则为枳来解释吗?非也。原因在于中国有太多的重复计算。诸如太多的马路拉链工程,马路还是那条马路,GDP 却不知增加了多少倍。再如,中国有太多的重复建设,原本不需要建设的机场,但不少地区为了能够成为所谓的国际大都市,修建了国际机场,GDP 增加了,但没有客流量,社会福利并没有增加,甚至减少了,因为其他必要的投资减少了。二是同量 GDP,发达国家更多地依靠高端技术,中国更多地依靠低端技术。目前,发达国家技术进步在经济增长中的贡献已经达到 60% 以上,尤其是现代信息产业、生物技术、现代金融和现代保险业等高技术产业和高附加值产业已经成为发达国家的支柱产业。而我国仍然以传统技术和低附加值产业为主。三是同量 GDP,发达国家的各类资源消耗比我国要低得多。据有关部门测算,从矿产资源的消耗强度看,在现行汇率下,我国每万元 GDP 消耗的钢材、铜、铝、铅、锌等分别是世界平均水平的 5.6 倍、4.8 倍、4.9 倍、4.9 倍和 4.4 倍,我国单位资源的产出水平相当于美国的 1/10、日本的 1/20、德国的 1/6。每吨标准煤的产出效率只有 785 美元,相当于美国的 28.6%、欧盟的 16.8%、日本的 10.3%。四是同量 GDP,发达国家更多地依靠第三产业,而我国更多地依靠第一产业和第二产业。第三产业的增加值,全世界平均为 64%,发达国家已经超过 70%,中国只有 40.1%。在第三产业中,发达国家更多地依靠

现代金融、现代保险和旅游休闲产业，而我国更多地依靠普通的服务业。五是发达国家拉动经济增长的主要动力来自于消费需求，而我国则主要依靠投资需求。2008 年我国的资本形成率和最终消费率分别为43.5% 和 48.6%。据世界银行提供的数据，2004 年世界各国的投资率平均为 21.4%，其中，美国为 19.2%、法国为 18.8%、德国为 17.2%、意大利为 20.7%、英国为 16.3%。总消费占 GDP 的比重世界各国平均为 78%，发达国家大约在 80%。况且，我国的许多投资是无效投资，属于马路工程式的投资。大凡到过发达国家的人都深深地感受到了深厚的文化底蕴，几百年前的建筑仍然在发挥效用，如古旧的街道、商店和旅馆。而反观我国，除了少数属于国家保护的文物外，大多数古旧建筑早已荡然无存，即使三十年前甚或二十年前的建筑，还有多少能留下来继续使用的呢? 我们始终没有走出"破坏性建设"的怪圈，总是津津乐道于旧貌换新颜，而很少顾及其中付出了多少成本。六是我国的 GDP 中带有更多的人为因素，带有更多的长官意志。由于地区 GDP 长期以来被作为考核地方领导政绩的主要指标，地方领导具有追求 GDP 的内在动力和强烈偏好，甚至不惜制造虚假 GDP。发达国家一方面有严格的 GDP 统计的法律规范; 另一方面，不需要用 GDP 来考核地方政府的政绩，地方政府没有追求 GDP 的内在动力和偏好，更符合实际。七是我国 GDP 总量已经进入发达国家行列，2009 年已经位居全世界第二位，但人均 GDP 则属于发展中国家，位居世界后列。

六、构建有效 GDP 统计指标

要使中国的 GDP 统计更符合实际，更能够反映国民经济运行的真实情况，笔者在此提出要构建有效 GDP 指标。所谓有效 GDP 就是在名义 GDP 的基础上扣除诸如"马路工程"以及在城市化和工业化过程中不应该拆迁而拆迁后所形成的虚假 GDP，扣除环境破坏而需要付出的成本等等。只有构建有效 GDP 指标,才能反映出我国的实际生产能力和国民经济运行状况,才能反映出各个地区经济运行的实际状况。

要构建有效 GDP,一是需要有相应的干部考核体制和机制,把对地方政绩的考核从 GDP 中解放出来。不以 GDP 论英雄,特别是不以地区生产总值增长快慢作为考核使用干部的标准,而是更多地考虑居民接受文化教育状况、居民收入增长及分配合理状况、就业状况、环境状况等因素,将地方政府的关注点吸引到改善民生和保护环境上来。二是形成地区之间财政分享机制。其实地方政府之所以关注 GDP,不是因为 GDP 本身有什么特殊魅力,而是在 GDP 背后的财政状况。由于现有分灶吃饭的财政体制,形成了哪个地区保护环境哪个地区吃亏、哪个地区落后的窘境,于是各个地区不顾环境承载能力和容量纷纷招商引资,大规模上项目,特别是有的地区还热衷于上马对环境有严重破坏的项目,目的就在于看中了有了项目就有了税收,有了税收自然就有了地方财政收入。要解决这一问题,就需要形成贯彻落实我国主体功能区划要求的体制和机制,让着力于保护环境的地区财政收入持续增加。如果禁止和限制开发区域的项目能够放在优化和重点开发区域,形成的税收在两个地区之间分享,或者优化和重点开发区域能够按比例为禁止和限制开发地区提供财政分享,就可以形成区域之间协调发展的格局。优化和重点开发地区提高了资本聚集程度和利用效率,禁止和限制开发区域则获得了充足的财政基础,并有了保护环境的动力。三是增强统计的严肃性,按照《统计法》的要求,对于瞒报或虚报行为要追究当事人的责任甚至刑事责任。

经济高增长面临的七大矛盾 ｜ 胡培兆

改革开放三十多年以来,尽管我国政府恪尽职守,但在公平与效率两难选择中难免有鱼与熊掌不能完全兼得的遗憾,在经济持续高速增长与发展的喜悦中也有经济社会矛盾凸显的忧虑。在取得巨大成绩的辉煌面前,历届政府都能保持高度警惕,重视存在的突出矛盾和问题。特别是近二十年来,每年政府工作报告在讲了政绩以后都用一个同样的转折"也要清醒地看到",实事求是地不讳言存在的困难和问题,给人直面思考探索解决问题的勇气和信心。我这里列举中国经济面临的七对矛盾与问题,诚与读者共同探讨,徐图良策。

一、经济持续高增长与就业压力持续加大

从理论上说,中国是不应该对就业问题太过困惑的。因为一是中国实行的是世界上最严格也是最有成效的控制人口的计划生育国策。二是改革开放后经济增长率持续保持在较高水平。如李鹏总理任内的最后五年(1993.3~1998.3),国内生产总值平均每年增长 11%;朱镕基总理接任的五年(1998.3~2003.3),国内生产总值平均每年增长 7.7%;温

作者系厦门大学经济研究所教授。

家宝总理接任的最初五年(2003.3~2008.3),国内生产总值平均每年增长10.6%。这样高的增速让发达国家和许多发展中国家瞠乎其后。三是曾培炎担任国家发展计划委员会主任时曾说:"解决就业问题的根本出路在于发展经济。据统计,目前我国国内生产总值每增长1个百分点,可为非农产业提供125万个就业岗位。我国城镇每年新增劳动力700多万人,下岗职工需要再就业的300多万人,每年至少需要提供1000万个就业岗位。"①按此推论,在较高的经济增长率下,每年能提供相当多的就业岗位,城镇就业压力不会太大。四是我国现阶段登记失业率只计城镇,不计农业户籍的劳动力,就业范围压力就要小。可是,从20世纪90年代以来,历年的政府工作报告中都说就业压力加大,就业形势严峻(见表1)。

从表1上看,近十多年来经济增长率都超过计划预期,总体经济处在高位运行,偏热发展,但政府对就业形势的评价不仅没有缓解,反而有增无减,继续恶化,似乎就业状况的改善与经济增长率的关联度缺乏敏感性。1998年、1999年和2001年的增长率都只在7%以上,失业率也都在4%以下,就业形势评价只是就业压力"较大""增大""加大",而后继的一些年份经济增长率平均都在9%以上,对就业形势的评价却是就业压力"严峻""巨大""十分严峻""持续加大"。增长率最高的2007年达11.4%,超过计划预期的3.4个百分点,就业形势的评价竟是"就业压力很大"。其深层的制约因素是什么?这是个有待解开的谜。估计是增长率的质量存在问题。既然增长方式没有根本转变,仍然是粗放投入型的,"经济增长在很大程度上还是依赖物质资源的大量投入"②,那么,按照经济增长理论来推断,高经济增长率能吸纳较多的劳动力,可

---

① 曾培炎.加大基础设施投资力度 拉动经济持续快速增长.人民日报,1998-06-29.

② 国家发展和改革委员会.在第十一届全国人大第三次会议上的报告.2010-03-05.

表 1　近 14 年经济增长率与城镇登记失业率(%)

年份	GDP增长率		城镇净增就业量（万人）	GDP增长1个百分点净增就业岗位(万人)	城镇登记失业率	政府评价就业形势
	预期	实际				
1997	8	8.8			3.0	"就业压力加大"
1998		7.8			3.1	"就业压力较大"
1999		7.1	796	100.76	3.1	"劳动就业压力增大"
2000	7左右	8.0	739	85.93	3.1	"就业压力增大"
2001	7	7.3	789	97.40	3.6	"就业压力增大"
2002	7	8.0	840	88.42	4.0	"就业和再就业形势严峻"
2003	7左右	9.1	859	81.05	4.3	"就业和社会保障任务重"
2004	7左右	9.5	837	80.48	4.2	"就业压力巨大"
2005	8左右	9.9	855	76.43	4.2	"就业再就业压力加大"
2006	8左右	10.7	979	82.97	4.1	"就业形势依然严峻"
2007	8左右	11.4	1040	91.22	4.0	"就业压力很大"
2008	8左右	9.0	860	92.07	4.2	"就业形势十分严峻"
2009	8左右	8.7	910	104.19	4.3	"就业形势依然严峻"
2010	8左右					"就业压力总体上持续加大"

　　资料来源:历届政府工作报告、国家发展和改革委员会报告、历年统计公报和统计年鉴。非农产业新增就业岗位取统计公报和年鉴的净增城镇就业人数,但两者往往有较大差异, 如 1999 年、2000 年的公报数字分别是 336 万、360 万, 年鉴分别是796 万、739 万。有差异时,取年鉴数据。

　　近十多年来经济每增长 1 个百分点为非农产业提供的就业岗位很少超过 100 万个的。可见长期存在的有些政府机构和工作人员的"弄虚作假""奢侈浪费""腐败"现象仍然比较严重,严重影响了经济增长的质量和扩大就业的积极效应。

二、财政收入连年增长与财政赤字不断扩大

　　在 20 世纪 80~90 年代,国家财政比较困难,有赤字在所难免,但政府对赤字总感到是个负担,希望缩小和消除。1997 年的《政府工作报告》

中说:"目前国家财政特别是中央财政仍然比较困难。要千方百计增收节支,逐步减少财政赤字,控制债务规模。"1998 年的《政府工作报告》中还说要"继续实行适度从紧的财政政策,严肃财经纪律,努力增收节支,控制债务规模,继续压缩财政赤字"。可是在 20 世纪 90 年代末以来经济效益回升,国家财政收入连年大幅增长以后,虽然《政府工作报告》中还说:"坚持财政收支平衡和量入为出,是经济工作应当遵循的重要原则。这几年实施积极的财政政策,发行长期建设国债,是在特定情况下实行的特殊政策。我们始终坚持经常性预算不打赤字,建设性预算赤字不突破年初确定的规模。"[①]但是财政增收易减支难,而且还不断超支,实行积极财政政策的力度不仅没有减弱,反而强化了,这种"在特定条件下实行的特殊政策"成了通常的长期政策,赤字不断,乃至呈上升态势(见表 2)。

表 2 财政收支、赤字状况(亿元、%)

年份	收入	增长率	支出	增长率	赤字
1998	9875.95	14.2	10798.18	16.9	922.23
1999	11444.08	19.5	13187.67	22.1	1743.59
2000	13395.23	17.0	15886.50	20.5	2491.27
2001	16386.04	22.3	18902.58	19.0	2516.59
2002	18903.64	15.4	22053.15	16.7	3149.51
2003	21715.25	14.9	24649.89	11.8	2934.70
2004	26396.25	21.6	28486.89	15.6	2090.42
2005	31649.29	19.9	33930.28	19.1	2280.99
2006	38760.20	22.5	40422.73	19.1	1662.53
2007	51321.78	32.4	49781.35	23.2	−1540.43
2008	61316.90	19.5	62427.03	25.4	1110.13
2009	68476.88	11.7	75873.64	21.2	9500.00
2010	73930.00	8.0	84530.00	11.4	10500.00

注:2009 年、2010 年数据来自财政部 2010 年 3 月 5 日在全国人代会上的报告.载《新华月刊》2010 年 4 月号/下半月。其余年份赤字以历年统计年鉴数据为准。

---

① 政府工作报告.2003-03-05.

改革开放以来的三十年中，除了 1981 年、1985 年两年没有赤字外，其他大部分年份都有赤字。长期实行积极的财政政策，意味着长期靠扩大财政赤字、发行国债和通货膨胀（价格上涨、币值下贬）搞建设，最终由城乡居民来埋单，影响城乡居民共享经济发展成果和民生问题的改善。

实施积极的财政政策也就是扩张的财政政策，意味着经济增长主要依赖公共投资。这是经济萧条时期刺激需求和刺激投资的有效手段。三十年来，我国经济持续高增长与平稳发展，综合国力已有极大提高，财政实力也已有大幅增长，国家财政支出模式已到了应当考虑转型的时候了，转向稳健的财政政策和民生财政。积极的财政政策不可避免地有财政赤字、通货膨胀。它们是连成一体的苦果，需要广大消费者去啃食和消化。通货膨胀实际上就是向消费者征收货币税，加重消费者的负担，影响实际收入。积极财政政策短期内作为应急措施是可以接受的，长期通行就不宜。所以，1993 年的《政府工作报告》中就说："中国人民银行的职责是调节货币供给和信贷资金总量，稳定币值，抑制通货膨胀。"

转向民生财政，就是财政支出要以改善和解决民生问题、构建和谐社会、幸福民生为主要目标，而且已具备了条件。2008 年的人均财政收入已高达 4617 元，2009 年再上升到 5130 元。分别几乎等同于当年农村居民人均纯收入（4761 元、5153 元），财政力量不可谓不大。只要真正坚持"发展经济与改善民生、维护社会公平正义的内在统一，围绕改善民生谋发展，把改善民生作为经济发展的出发点、落脚点"①，调整好财政支出结构，不铺张浪费、奢侈腐败，不搞重复建设、"形象工程"、"政绩工程"，赤字就可大为减少，直至消除。

---

① 政府工作报告.2010-03-05.

三、投资铺张与居民储蓄存款负利率

储蓄的意义,在不同发展阶段是不同的。一般来说,对处于工业化过程中需要大量资金投入的发展阶段,储蓄的作用大于已实现工业化的发达阶段。比如英国,在18世纪下半叶亚当·斯密时代,正是工业化阶段,就提倡节俭和储蓄以增加生产资本。斯密说:"资本增加,由于节俭;资本减少,由于奢侈与妄为。一个人节省了多少收入,就增加了多少资本。这个增多的资本,他可以亲自投资雇用更多的生产性劳动者。亦可以有利息地借给别人,由他人雇用更多的生产劳动者。""节俭可增加维持生产劳动者的资金,从而增加生产性劳动者的人数。他们的劳动,既然可增加工作对象的价值,所以,节俭又有增加一国土地和劳动年产物的交换价值的趋势。"①所以他断定:"奢侈都是公众的敌人,节俭都是社会的恩人。"②可是到20世纪上半叶凯恩斯时代,资本主义发达国家都陷入严重生产过剩的大萧条中,就不需要提倡节俭和储蓄了,凯恩斯认为节俭已不是美德,储蓄不是好事。他说:"个人储蓄行为,不仅压低消费品价格,而且还可以使现有资本的边际效率降低,故既减少目前消费需求,又减少目前投资需求。"③"事实上,个人决定储蓄时,并未对未来消费下一张具体的订单,而只是撤销了一张现在的订单。"④所以鼓励多花钱,就是挖窟窿、造金字塔、做道场,甚至战争也可以。

那么,现阶段中国是应该提倡节俭和储蓄,还是应该鼓励奢侈浪费花光收入呢?20世纪90年代后期出现市场疲软以来,经济理论界许多人实际是奉行凯恩斯的学说和主张的,认为我国储蓄率太高,不仅给银行增加压力,加大银行的财务风险,还使我国投资和消费低迷,因此呼

---

①、② 亚当·斯密.国民财富的性质和原因的研究,上卷(310、313).商务印书馆,1972.

③、④ 凯恩斯.就业、利息和货币通论(177、178).商务印书馆,1963.

吁要设法把这些在银行里的纸老虎引出笼，进入投资市场（主要是股市）和消费市场。实际这是只重现象和想当然的无稽之谈！十多年过去了，银行储蓄这只纸老虎不仅没出笼，而且每年以两位数增长，养得越来越肥大了(见表3)。

表3　城乡居民年末存款余额情况(亿元、%)

年份	存款余额	储蓄率	一年期利率	物价上涨指数
2001	73762	18		0.7
2002	94307	35		0.8
2003	110695	25		1.2
2004	126196	21		3.9
2005	没统计			1.8
2006	166613			1.5
2007	176213	10		4.8
2008	221503	34	3.27	5.9
2009	264761	30	2.25	5.2

这是为什么？难道不值得反省深思吗？事实上，居民储蓄存款对我国经济增长和社会稳定起到了巨大的作用。

第一，工业化需要巨额资金，内资不足，还需引进外资。作为资金短缺的发展中国家，有这么大一笔低息、无息，甚至是负利息的居民储蓄可用，这是巨大的支持。改革开放三十多年来，以经济增长年均9%以上计算，这笔资金的投入能增创多大财富，是可以计算的。

第二，说储蓄率高会增加银行压力、加大银行财务风险，这真是杞人忧天，毫无事实根据。现在有哪家银行要规避风险，怕储蓄太多的？一直以来各银行都在争夺客户多存款。如果真如他们所希望的那样，居民把全部存款都提出，银行的业务不仅将要减半，而且许多银行都得关门，后果不堪设想。

第三，有利于调节互济消费，扩大内需。过去凯恩斯说储蓄只会增加投资，减少消费，因而会降低价格。可20世纪下半叶以来世界消费信用发达起来,储蓄功能多元化,储蓄不仅是投资,储蓄也是消费。消费贷款比重不断上升,买车购房等都可按揭贷款。如美国花旗银行的消费贷款业务占 70%以上,具有消费银行性质。我国近年的消费贷款也时兴起来。所以储蓄与扩大内需不仅不矛盾,还有促进作用。如果没有按揭贷款, 私家购房买车的房市车市就火不起来。价格也不会因储蓄而降低,中国的储蓄增加,物价也在上涨。

第四,在社会保障体系尚不完善、覆盖面有限的现阶段,城乡居民储蓄存款起了自我保障作用,减少养老抚幼、医疗教育等方面的后顾之忧,有利于社会稳定。2001 年 1 月 7 日,中国新闻社有则报道说,当时财政部某高官号召大家大胆花钱, 大胆到市场上去购买自己想买的东西,不要手里有钱不敢花,不要有后顾之忧。真是饱汉不知饿汉饥,就是十年后的今天谁没个后顾之忧?

城乡居民储蓄对经济增长和社会稳定有如此巨大的贡献,但市场给它的回报和待遇是极不公平的。除个别年份,在投资规模铺张、"投资率持续偏高"①(固定资产投资一般都在 25%左右)、"经济增长质量和效益提高"②为常态的情况下,居民存款实际利率不仅偏低,而且在居民消费价格不断上涨的情况下实际是负利率, 要承担贬值性的蚀本。如2008 年,存款利率四次下调,由 4.14%下调到 2.25%,而当年居民消费价格上涨 5.9%。按平均利率 3.27%计算处理,与物价上涨相比,实际负利率 2.63%,当年的存款余额 22.15 万亿元要贬损 5825 亿元。2009 年的利率是 2.25%,价格上涨是 5.2%,相抵后负利率 3.55%,26.47 万亿元的存款余额贬损 9396 亿元。这是经济高增长及平稳发展中居民储蓄所付出的高昂代价。如果 2008 年 10 月 9 日不暂停利息所得税,损失还要

---

① 政府工作报告.2008-03-05.
② 国家发展和改革委员会的计划报告.2008-03-05.

大。而银行拥有存贷利差 3.05 个百分点的收益,如以一年期算,26 万多亿元的居民存款放贷,一年就有 7930 多亿元的毛利收入。在经济高增长的情况下,应当让储户共享经济增长成果。

四、强调扩大内需与国内市场消费壁垒

1988 年,由于经济过热,货币发行过多,投资需求和消费需求过旺,社会总需求超过总供给,以致发生严重的通货膨胀,全国出现抢购挤兑风。1989 年政府提出要"努力改善和增加有效供给","压缩社会需求","大力提倡和鼓励储蓄,吸收和推迟现实社会购买力,增加居民储蓄",同时"抽紧银根,严格控制货币发行"[1],终于有效地抑制了通货膨胀。1993 年到 1995 年,由于计划经济向市场经济转型,出现开发区热、股票热、投资热,又出现新一轮的通货膨胀,商品零售价格失控,每年以两位数上涨,1993 年原计划涨幅控制在 6%,结果上涨了 13%,1994 年上涨 21.1%,1995 年上涨 14.8%。政府不得不把抑制通货膨胀作为宏观调控的首要任务,执行双紧方针,即适度从紧的财政政策和货币政策。1996 年价格回落到 6.1%,低于计划确定的 10% 的控制目标,实现了"软着陆"。1997 年到 1998 年继续实行适度从紧的财政政策和货币政策,再次消解了通货膨胀问题。1997 年价格涨幅为 0.8%,出现"'高增长、低通胀'的良好态势"[2]。可随即出现市场疲软,经济景气偏冷,恰恰在这个时候,偏偏又遇上了亚洲金融危机,1998 年财政政策被迫改弦更张。1999 年政府提出"继续实施积极的财政政策",主张"靠扩大财政赤字搞建设"[3],以扩大内需。这种以扩大内需为要旨的财政政策,一直延续到今天,十多年来收效并不理想。经济增长内生动力不足,不断需

①、② 政府工作报告.1989-03-20.

③ 政府工作报告.1999-03-05.

要扩大内需来拉动,就是政策缺乏效应的说明。

扩大需求就是扩大国际市场需求和国内市场需求。然而扩大这两个市场需求我国都面临巨大阻力。原以为 2001 年参加世界贸易组织(WTO)以后,外贸将能顺利扩展,但又受到新贸易保护主义的歧视。虽然我国出口的都是最优质的产品,却不断受技术壁垒、绿色壁垒的限制和"反倾销"、"反补贴"的调查,特别是国际金融危机以来,更为严重。2009 年,对我国出口产品仅"反补贴"调查的就有 19 个国家 100 多起,涉及金额 120 亿美元。2003 年以来美国就人民币升值问题不断向中国施压,要把中国列为"汇率操纵国",还几次派出阵容强大的政府代表团到中国施压,要人民币与美元汇率升到 6∶1 左右。实际上中国缺乏人民币升值的经济实力,也不存在人民币价值被低估的问题。相反,人民币在国内市场上是不断贬值的。就国际购买力平价比较,人民币购买力下降。美国 1.5 万美元可买一辆丰田新车,中国 1.5 万元人民币能买 1 辆丰田新车吗?加 10 倍的钱也买不到!在这种情况下,中国要提高人民币汇率, 就必定要出现人民币币值外升内贬的两难局面,外升抑制外销,内贬抑制内销。2006 年提高汇率以来就是这种局面,中国产品在国内外市场都涨价。

扩大内需本来是正确的。中国是世界上最大的消费市场,也有令世人注目的最大的市场资源。中国理应自己优先掌控住。关键和根本的问题是内需如何扩大?现在,我国需求学派的经济学家几乎都是厂商代言人,写文章就像写广告词一样,叫喊扩大需求,招徕顾客,却不知自己卖的是什么货色。应当冷静地反思市场现状,为什么你有那么多的供给而消费者不光顾呢?你是不是把消费者真正当上帝,提供价廉物美的产品了呢?我们只注意外销会有国外市场的贸易保护主义壁垒,而完全忽视了内销也有国内市场消费者树起的无声壁垒。消费者为了自身的利益,有自我保护的本能,心理上也有安全、绿色、价格等方面的壁垒,不会不加盘算地相信供方的叫卖。厂商有利润最大化的追求,消费者也有权益最大化的追求,都是合理的。这种消费壁垒是扩大内需的瓶颈。不注重加强供给管理,不从产品的质量、价格、服务、信用等因素全面优化供给,一相情愿地扩大供给就真比龙虾脱壳还难。有效供给扩大有效需求,无效供给抑制有效需求,这是不可动摇的市场原则。凯恩斯在 20 世纪 30 年代提出要扩大需求,无疑是以产品质量不成问题为假定前提的,如果像我国这样假冒伪劣产品充斥市场,叫人如何扩大内需!就是两种天字号的产品即"民以食为天"的食品和"人命关天"的药品都敢掺毒造假,福尔马林、苏丹红、孔雀石绿、二噁英、三聚氰胺、地沟油等剧毒致癌物质都成了食品、药品的添加剂,市场缺乏起码的道德。房市也很典型,天价售卖的商品房平均寿命只有二三十年,人称"楼歪歪"、"楼脆脆"。房市的不良供给压抑有效需求的副作用是很明显的。西方国家居民耐用消费品的购买次序一般是先车后房,而中国相反,是先房后车。中国城市居民人人都想买房,可地方政府不仅没有因势利导开发好房地产市场,反而以"土地财政"、繁重税费和房地产商合谋牟利,把地价房价托得天高,泡沫泛起,导致想买房的买不起,要卖房的难脱手,每年商品房空置率高过国际警戒线(10%),均在 20% 以上,2009 年的空置房面积超过 1 亿平方米,空置率高达 26%。

真要扩大内需,就不能回避供给管理。愈是回避愈被动,永远回避永远被动。只有切实加强供给管理,优化供给,才是扩大内需的康庄大道。

五、加强农业与损农剪刀差

1958 年"大跃进"导致产业结构严重失调,国民经济陷入崩溃边缘。1959 年不得不确认"农业是国民经济的基础",重新部署以"农轻重"为序列的国民经济发展战略,但是缺乏大力度的实际措施。改革开放以后农业更加受到重视和支持,主要有三大举措:一是 1983 年以后逐步解散人民公社，普遍实行家庭联产承包制，1993 年在宪法中正式废除人民公社；二是减轻农民负担，2006 年免除农业税；三是加大中央财政支农投入，如 2009 年对"三农"的支出 7253 亿元，2010 年预算支出 8183 亿元，相当于当年农业总产值的 20%。长期在人民公社中困乏的农民得到休养生息的机会和自主经营的权利，农业获得一定发展，全国粮食产量从 1980 年的 32056 万吨增加到 2009 年的 53082 万吨，二十九年增长 65%。可是，由于城市和其他行业在改革开放中的政策资源、财物资源和机遇资源比农业要丰富得多，相比之下的巨大落差，使农民特别是新生代农民对务农普遍不感兴趣，视农业为"苦命产业"，不把希望寄托在田野上，只有老残病弱无路可投的才留守下来搞农业。这种心态主要是由三方面的利益剪刀差造成的。

（一）工农业产品价格、征卖土地价格的剪刀差

计划经济时期的那种按指令价实行统购统销、有意压低农产品收购价为工业化积累资金的价格剪刀差，已基本不存在。就粮食价格而言，现在政府对种粮农民除实施一定的直接补贴外，还根据市场行情不定期地调高最低收购价。如今年的《政府工作报告》中就说今年的稻谷收购就有所提高。50 公斤的籼稻、早晚稻、粳稻分别由 90、92 元、95 元提高到 93 元、95 元、105 元。现在的工农产品价格剪刀差来自两方面，一方面农业基本上是小农生产方式、耕作技术落后，生产周期又受自然高强制约，农产品的相对平均成本远远高于工业品，而相对价格却远远低于工业品。现在一公斤稻谷和一公斤化肥尿素相当，一亩地的粮食买不了国产的一条名烟或一瓶名酒。特别是药价虚高，贵得离谱，一支成本只有几角钱的针剂可卖到二三十元。另一方面中间商的贱买贵卖，所得一般都高于直接生产者。种粮种菜的收入不如卖粮卖菜的是普遍现象。在土地的买卖中，地方政府实际也起中间商的作用，低价征购来的土地高价卖出，有的"地王价"高出一二十倍甚至更高，令人咋

舌。地方政府以此生财,叫"土地财政"。2010 年 4 月 14 日财政部公布 2009 年地方土地财政收入高达 14239 亿元,占全国财政收入的 20%。有些大城市都超过 1000 多亿元。如杭州市估算地方财政收入近 1200 亿元,而土地转让金达 700 亿元[①],占财政总收入的 60% 以上。

(二)二元经济比较利益的剪刀差

二元经济的明显差距决定城乡居民收入高低差距悬殊,且有扩大之势。农村居民人均纯收入与城镇居民人均可支配收入之比,1995 年为 1:2.46,2000 年为 1:2.78,2005 年为 1:3.22。2009 年农村居民人均纯收入是 5133 元,城镇人均可支配收入是 17175 元,两者之比进一步扩大为 1:3.34。农村的纯收入应该还包括 1.4 亿农民工的打工收入。没有这部分的收入计算在内,人均收入还要低,差距应在 1:4 以上。到城镇打一年工能挣 4000 元回家,就比务农划算。

(三)城乡户籍分界的待遇剪刀差

仅仅因为城乡间有道不可逾越的户籍铁樊篱,农民就是进城打工,携眷居住城市,也不能随意加入城市户籍,摘去农民的帽子,叫"农民工",只能交钱领取"暂住证"才能居住。就连子女也不能享受城市各种法定的待遇。在农村的农民一年 365 天都得勤于劳动,任何法定的节假日对他们都没有享受的意义。城市居民能享受的劳保福利待遇,对农民来说基本上还只能在设想中。所以有称农民是"二等公民"。

这三方面的剪刀差都损伤了农民的切身利益和自尊心,不利于"三农"问题的根本解决,更不利于农业现代化的实现。农民是农业的主体生产力,农民缺乏务农兴趣的心理危机,就是农业的危机。改革开放三十年来,历届政府工作报告中谈到存在的问题时无不谈到"农业基础仍然薄弱"。农民的心理危机不能不说是农业这种薄弱局面的客观反映和主观

---

① 高颖.政府财政收入还得靠卖地.环球时报,2009-12-25.

原因。按凯恩斯的观点，对产业复苏有决定意义的是投资者的市场心理，而这种信任心是最难操纵和最不容易恢复的①。当前要提高农民务农兴趣，有三方面的工作至为重要。

第一，要确认和尊重农民的产权，有侵权和容易引发侵权行为的法律条文应当加以清理，特别是归属农民集体所有的土地产权应当得到保护。土地作为国土资源，和任何其他国家资源一样无疑都是国家的，但不能因此就否定或轻视经济制度层面上的土地所有权。国家除了因军事、外交、交通等公共基础设施建设的紧迫需要，可以按市场价或准市场价征购外，以营利为目的的商业用地必须按市场价公平交易，自愿买卖。我国《物权法》第四十三条"为了公共利益的需要，依照法律规定的权限和程序可以征收集体所有的土地和单位、个人的房屋及其他不动产"的规定和"征收集体所有的土地，应当依法足额支付土地补偿费"等的规定，失之笼统，有明显瑕疵。这里的"公共利益"是什么，就可以任意解释。为营利敛财目的的名为"征地"实为"圈地"的行为也可以说成是"为了公共利益"。

第二，城市化是工业化的必然结果，离开工业化就不可能有单独行进的"城市化"，把城市化和工业化并列并提，容易出现为城市化而城市化的偏向，过分重视城市形象化建设而影响社会主义新农村的建设，也影响城乡一体化和缩小城乡差别目标的实现。如果只提加快工业化的建设，那么就要把"三农"也包括进去。过去孙中山先生论述民生主义时就说过，"农业就是生产粮食的一件大工业"。我国有"农业产业化"的提法，其实这个提法不科学。农业本身是第一产业，第一产业产业化是同义反复。科学的提法应该是农业工业化。农业和农产品按工业方式进行生产和加工，形成农产品的工业化产业链。这才有利于农业向现代化和

① 凯恩斯.就业、利息和货币通论(270).商务印书馆,1963.

联合协作化发展。实际上单独提加快城市化的意义不大。因为我国城市化同样是以城市人口比重的提高为标志。照理，要加快城市化就要加快提高城市人口比重。可是在城市的农民工就入不了城市户口。2009年就有2000万农民工返乡。

第三，按以工哺农、少取多予的原则加大对农副产品生产的财政补贴力度，提高农业的比较利益。按世贸组织的"黄箱政策"规定，我国对农产品的补贴额可相当于农业总产值的8.5%。以2009年的农业总产值计算总补贴额可达3015亿元。2010年对农民的直接补贴资金安排1335亿元，占3%，还有5.5%的补贴空间，可逐步用足。

只要农民能在农村安居乐业，"三农"问题就能基本解决，城乡户籍的分界也就会失去意义。

六、公平与效率

这对矛盾虽然直接来自分配领域，但能否正确处理直接关系到社会主义的命运和民生的命运。有一点大家都明白，20世纪80年代前后社会主义国家之所以纷纷进行改革的主要依据，就是因为社会主义原有经济体制严重缺乏效率。当时的苏联领导人把这种低效率的经济体制比作一部大机器的巨大飞轮在转动，而与工作岗位相连接的传送带却在空转，粗放发展的惰性就把经济拉进了死胡同，使发展停滞下来。因此提出要有新思维，要进行改革，改革就是革命。虽然声称改革将走向更美好的社会主义，西方那些希望放弃社会主义的人一定会失望，可是，片面追求效率的改革结果，苏联和东欧的社会主义全部都垮掉了。没有公平就没有社会主义。只有提高效率又能坚持公平的改革，才能建成日益强盛的社会主义。所以以提高效率为动机的改革有两种截然不同的前途和命运。

公平与效率对社会主义来说都是不可或缺的，两者必须兼得。大家都知道公平与效率是辩证的对立统一关系,处理得好可以相辅相成,处理得不好就会相克相撞,互为瓶颈。这在理论上比较容易解决,但实践上做起来就难,往往顾此失彼。社会主义本来就是最公平的,没有剥削和压迫,大家都会在公平环境中快乐工作,提高效率,发展生产。可时间一久,公平成了平均主义,惰性也随之产生,效率就跟着下去。资产阶级经济学家就一直认为社会主义国家公平与效率是不可兼得的。《共产党宣言》中就批判过这种观点。1929 年到 1933 年的世界大萧条中,苏联经济一枝独秀,同期工业增长一倍以上。可凯恩斯的评价是,苏联这个"极权国家"解决失业问题是以"牺牲了效率与自由"为代价的①。中国改革开放的成功实践却证明了,公平与效率是社会主义可以兼得的。1997 年党的十五大提出"坚持效率优先、兼顾公平",2002 年党的十六大提出 "初次分配注重效率"、"再分配注重公平",2007 年党的十七大提出"初次分配和再分配都要处理好效率和公平关系,再分配更加注重公平"。这都是两者可兼得不会偏废的重要论述。在实践处理中,也已摸索出一个切实可行的模式。2010 年 4 月温家宝在《求是》发表的文章中提出"必须统筹经济社会发展,加快解决经济社会发展'一条腿长、一条退短'的问题"②。这个统筹解决经济发展和社会发展"长短腿"的模式,当然也是包括解决公平与效率两者关系的模式。我们也可以把公平和效率比作是支撑社会主义的两条腿。当两条腿出现长短不平衡时,哪条腿短就拉长哪条腿。这样就能使社会主义永远平稳健康地跨步前进。

当前,公平与效率比较,公平这条腿比较短,社会要求改善民生问题的呼声比较高,拉长这条腿,让普通劳动者也能分享改革和经济发展的成果是当务之急。应当按轻重缓急分层次、一点一点地接长这条腿,

---

① 凯恩斯.就业、利息和货币通论(321).商务印书馆.1963.

② 温家宝.关于发展社会事业和改善民生的几个问题.求是,2010,(7).

不断增进人民福祉。

七、加强宏观调控与统计工作落后

市场经济中,微观经济的财务管理倚重会计,宏观经济的均衡管理借重统计。只有统计提供全面真实的统计数据,宏观管理部门才能了解整个国民经济运行的状况,以制定新计划、新发展规划目标,求得均衡快速增长和发展。如果说计划经济时期统计很重要,那么市场经济时期统计工作就更重要。可以说政府对宏观经济调控的成败很大程度上取决于统计。因此应当十分重视加强统计工作。可是,我国改革开放以来,会计人员队伍浩浩荡荡,得到了空前发展壮大,目前有 1000 多万从业人员,地位和待遇都大有提高,会计岗位成为就业热门。可统计人员队伍呢?静悄悄地难见人影。地方统计局可能是政府部门中最缺乏人气的部门,统计工作是如何进行的,颇具神秘感。

统计工作的落后还表现在造假上。会计有假账,统计也有假报,虚报、瞒报、伪造、篡改资料的现象,以致地方基础统计和中央统计时有轩轾。特别是在国内生产总值增长率的统计上,增速往往有县高于省、省高于中央的情况。如 1999 年,全国增长率是 7.1%[①],而 31 个省区市的增速除了四川(5.6%)、山西(6.1%)、云南(7.1%)、新疆(7.1%)低于或相当以外,其余 27 个省市都高于中央统计数据。超过 2 到 3 个百分点以上的有 10 个省区市,超过 1 个百分点以上的有 13 个省区市。加权平均起来全国增长率应该在 8% 与 9% 之间。当时的国家统计局局长刘洪回答中外记者时坦言,近几年地方统计的国内生产总值增长率普遍高出国家核算 2 个百分点,有的年份甚至达到 3 个百分点,客观地讲除了交

---

① 1999 年的增长率各年的统计年鉴有差异。1999 年、2003 年、2005 年的年鉴均为 7.1%,2000 年、2001 年、2004 年的年鉴均为 7.2%,2006 年至 2008 年的年鉴均为 7.6%。

又重复计算、缩减比例差异等不可避免的原因之外,也确实存在虚报、浮夸的"水分"①。这种情况一直没有得到有效制止。2004 年的增长率国家统计公报是 9.5%,而各省区市的平均增速超过全国增速 3.9%。2009 年的全国增速是 8.7%,除了 3 个省区市没有超出外,增长率在 16% 以上的有 2 个区市,13%~15% 的有 9 个省区市,11%~13% 的有 10 人省区市②。这可能就是历届政府工作报告中都批评的一些政府工作人员"弄虚作假"的表现之一,违反了《统计法》。"官出数字,数字出官"的现象没有得到根治。

统计不真实,也影响了经济学的理论研究。没有真实的统计,就难以得出规律性的结论。大家知道,英国经济学家菲利普斯的菲利普斯曲线是研究了近一百年(1861~1957 年)的有关就业扩大、工资增长和通货膨胀的统计数字才得出来的;美国弗里德曼的货币学说也是研究了近一百年(1863~1960 年)的有关经济增长与货币发行的统计资料得出来的。要提高研究中国经济问题的经济学水平,更好地为建设中国特色社会主义服务,加强科学统计也是十分必要的。

八、结语

以上七方面的矛盾是个人感知,是否属共识是其次,重要的是在经济高增长的喜悦中对存在的问题要有忧患意识,认真对待并加以解决,以免积重难返、酿成大患。

现代市场经济是市场之手与政府之手互动并携的新型市场经济。虽然在不同时期有不同需要,两手的作用各有主次和侧重,但是只要运用得当,都是必要的,特别是我国的市场经济还有特殊性。我国的市场

---

① 新华社北京电讯.统计局长坦言统计"水分".经济日报,2000-03-01.
② 全国统计工作会议的报道.大河网.2010-01-29.

经济不是自然发展过来的，而是从高度集中统一的计划经济中改革过来的。因此在渐进的转型期内，必要的政府职能和惯性的政府职能会并存，政府之手的职能就会起比较明显的主导作用，这是必然的。政府主导型市场模式的最大长处是可以避免大震荡。1997年的亚洲金融危机和2008年的国际金融危机对我国的影响和损害能降到最低限度，就得力于政府之手。

市场之手属自发机制，政府之手属自觉机制。政府之手的作为应是高一层次的理性范畴，能矫正和排除市场失灵给宏观经济运行招致的偏差和故障。但如果政府之手缺失理性，就有可能出现两手双重失灵，导致市场局部扭曲或波动。一个明显例子就是当前房市泡沫严重，制约房市正常运行，就是地方政府之手的非理性操纵所致。表现在两方面的失误，一方面是高抬地价，另一方面是过重的税费。所有商品房的用地都是地方政府高价提供的，价高惊人。所征房地产税费之多也让人惊叹。1997年经国务院批准已取消了14个部门的48项收费，其中包括房屋买卖登记费、自来水表立户费、绿化保证金、考古调查费、地名申报费、商品房统计费、教育设施配套费、体育设施配套费。据说现在征收的还有62项税费，包括营业税、城建税、契税、教育附加税、所得税、土地增值税、地方养老、水利基金费等，名目繁多的税费占房价的30%~40%[1]。房价的基础垫得如此之高，下降的空间几乎没有。基础价高，质量也就没有保证，房地产商为了多赢利，一定会偷工减料，在成本上做文章。这与马克思当时批评英国工业化的现象"房屋的昂贵和房屋的质量成反比"[2]是同样道理。中国城镇居民人人都想买房，各地把房地产业列为支柱产业是正确的。但因为有厚利可图，就成了"唐僧肉"，各部门

---

① 新华社记者李亚彪等.一套房竟征收62项税费.深圳特区报,2010-03-08.
② 马克思.资本论,(1),马克思恩格斯全集,(23)722.

的手也就竞相伸向房地产业,结果人为地扭曲了房市,制约了房地产业的健康发展,影响了"居者有其屋"这个民生问题的解决。现在看来,近期我国的城市房价是不会降的。按不久前即今年4月15日新华社的电讯报道,4月14日国务院常务会议决定对房市采取更为严格的差别化住房信贷调控政策（购买首套和第二套住房贷款首付比例提高到30%、50%）的目标,也只是为了"遏止部分城市房价过快上涨"。也就是说,上涨是肯定的,只求不要"过快上涨"。

因此,驾驭市场经济的政府之手,应该是智慧理性的廉明匡正之手。

战略新兴产业何处借力 | 祁 斌

历史上，每一次大的国际金融经济危机都会伴随着科技的新突破引发新的社会需求，进而推动产业革命，催生新产业，形成新的经济增长点。危机后，世界各国都在寻求振兴经济的新途径和新引擎，努力抢占新的国际经济科技竞争制高点，低碳经济和新能源成为经济结构调整的新热点，但这些产业的市场前景尚不明朗。目前，对于主导世界未来经济发展格局的产业进行研判和预测尚无坚实的理论基础和突破性的进展，未来世界各国在经济结构和产业调整方面的竞争和博弈仍然存在着相当大的不确定性，这客观上为以此为代表的发展中国家竞争下一轮产业制高点提供了相对平等的起跑线，也为中国经济结构的升级提供了前所未有的机遇。金融是现代经济的核心，在促进战略新兴产业的发展上具有重要的作用。从某种意义上说，一个经济体的转型或者战略新兴产业的培育是一个有效的资源配置方式的自然结果，而各国在危机后对未来新兴产业的竞争结果最终取决于各自市场经济体系的完善程度，而资本市场则是其中关键的环节之一。

作者系中国证监会研究中心主任。

一、战略新兴产业发展需要以资本市场为核心的直接融资体系的推动

(一)推动战略新兴产业的发展需要市场化的筛选机制

新兴产业的形成通常要经历创新科技的研究、实验、商品化、产业化这样一个繁复而昂贵的过程。这一过程要求有新思维、新发现、新突破,而且充满许多不可控、不确定因素,因而有高度不可预测性,也需要支付昂贵的社会成本。

以美国产业发展为例,在过去三十年中,美国尤其是美国的硅谷产生了四个比较主要的产业:计算机产业、通讯产业、互联网产业、生物医药产业。但在 20 世纪 70 年代初,人类对于即将来临的高速发展的这四个支柱产业几乎毫无所知。拿计算机产业来说,当时全世界认为未来世界是大型机为主,然而随后 80 年代以 IBM 开始制造出 PC 为标志彻底摧毁了原来的预想模式。由此可见,预测哪些产业会成为战略新兴产业是较为困难的。

战略新兴产业创新发展的本质决定了其必须要充分依靠市场的力量。创新探索工作具有高风险和不可预知性,高度的竞争和淘汰率使对创新产业的具体行政指导很容易变成社会资源的巨大浪费。因此,在推动新产业的发展过程中,较之具体的行政指导,更加重要和有效的途径是通过建设和完善有效的与创业和创新相关的各种生产要素市场,让市场去帮助发现、筛选和推动战略新兴产业的发展。而政府"有形之手"应该去培育更好的市场环境和机制以推动"无形之手"更好地发挥作用作为工作重点, 而不是去替代市场选择未来新兴行业。从历史经验来看,这种替代的结果往往是事倍功半。

(二)资本市场市场化发现机制是培育战略新兴产业的关键

在各种要素市场中,资本市场无疑居于核心地位,可以为我们提供

市场化发现和筛选的机制。

首先，新兴产业轻资产且不确定性高的特点决定其难以依靠银行信贷资金支持，而资本市场提供的风险共担、利益共享机制，能够筹集高新技术产业化所需的发展资金，实现科技成果向现实生产力转化。其次，通过资本市场，可以全面深化科技金融合作，构建科技资源与资本市场良性互动的有效模式，推动建立和完善以企业为核心、以市场为导向、以资本为纽带，产学研相结合的创新体系，有助于自主创新企业和战略新兴产业加速发展。再次，资本市场在为创新企业提供所需资金的同时也为其提供各种优化治理结构、激励机制、并购等方面的机制支持，使其迅速形成竞争优势。

(三)国际上的经验与教训

历史反复证明，科技创新和经济转型往往与一个国家的资本市场息息相关。20世纪70年代同时陷入经济滞胀的欧美两大经济体中，美国引领了随后兴起的高科技浪潮和新经济时代，先后推动了计算机、通讯、网络、生物医药等新兴产业的兴起。究其原因，一方面美国政府在科技基础设施方面的积累达到了一定规模，另一方面是美国形成了以科技产业、风险投资和资本市场联动的一整套新兴产业的发现和筛选机制。

美国高科技行业龙头公司依托资本市场发展一览表

公司名称	所属产业	所属行业	上市时间(年)	上市地点
英特尔	计算机	芯片	1971	纳斯达克
微软	计算机	软件	1986	纳斯达克
思科	通讯	网络设备	1990	纳斯达克
朗讯	通讯	电信设备	1996	纽约泛欧
Biogen	生物医药	基因技术	1991	纳斯达克
Biomet	生物医药	生物制药	1986	纳斯达克
亚马逊	互联网	电子商务	1997	纳斯达克
谷歌	互联网	搜索引擎	2004	纳斯达克

资料来源：根据公开资料整理。

亚洲金融危机后,韩国政府出台了一系列扶持中小高科技企业、风险投资发展的政策,科斯达克的设立解决了创新中小企业的融资问题,为韩国以依靠扶植大企业集团的发展、以低附加值制造业为主的经济转型做出了贡献。相反,间接融资为主的金融体系,总体来说对于推动金融和高科技产业的结合并不成功。其中,德国和日本最为典型,无论是日本的主银行,还是德国的全能银行,都很难发现高风险的、面向未来的高科技创新产业,更不用说为这些产业提供资金。因而,德日两国也终未能培养出大规模具有自主创新能力的新兴产业,在前沿和尖端领域落后于美国。例如,日本承认,自己在信息技术产业方面比美国落后十年以上。

二、我国投融资体系服务战略新兴产业存在的主要问题

(一)战略新兴企业较难从以间接融资为主的投融资体系中获得资金支持

我国目前的融资体系仍以银行信贷的间接融资为主,直接融资比例过低。但对于战略新兴产业,一方面由于这类企业经营时间短、经营风险高、业绩不稳定等原因,大都无法获得银行信用贷款支持;另一方面由于主要依赖研发人员推动新技术、新产业的发展来获取利润,相对于传统的制造业企业,其用于生产经营的有形资产规模相对较少、金额相对较低,流动资产总体占比较高,可用于抵押、质押方式贷款的资产较少,无法满足各类金融机构、融资担保机构对于融资安全性的基本要求,从而无法获得银行等金融机构抵押、质押贷款。据统计,中关村科技园区大型企业的平均资产负债率约为50%,而中型企业的平均资产负债率只有40%,小型企业更低,约为30%。因而,从目前来看,以间接融资为主的投融资体系尚难对战略新兴产业的发展提供有效支持。

(二)多层次资本市场体系有待进一步完善

2009 年创业板的推出标志着我国多层次资本市场体系向前迈进了关键的一步,但同时也使场外交易市场滞后的问题更加凸显。

场外交易市场的存在是资本市场发展的内在需要。交易所市场通常具有较高的门槛,因而在交易所上市的通常是规模较大、经营状况较好的公司。众多不满足交易所上市条件的中小公司以及从交易所退市的公司的股票流通需要相应的市场提供服务。同时,如果场外市场与交易所市场之间有顺畅的转板制度,在场外交易市场挂牌交易的公司待其逐渐成长壮大之后还可转到交易所市场挂牌,在一定程度上为交易所市场培育了上市公司的后备资源。例如,美国公告板市场和粉单市场涵盖了不在交易所上市的众多中小公司,为它们的融资和股票流通提供平台以支持其发展,不少公司发展壮大后还转到了纳斯达克市场挂牌交易,对美国创新经济的发展起到了重要的作用。

我国场外交易市场发展相对滞后,在一定程度上制约了多层次资本市场支持不同类型、不同阶段的创新型企业发展壮大功能的发挥。目前,我国尚未建立统一监管下的场外交易市场,在一定程度上承担场外交易市场功能的代办股份转让系统中交易的公司数量有限,投资者开户数少,交易不活跃,未能为大量高成长、创新型企业提供灵活有效的初级资本市场服务;新兴企业也无法通过该系统的发现机制,筛选出一大批代表未来产业发展方向、具有较强市场竞争力的企业;另外,由于缺乏对应的转板机制,无法为主板、创业板提供源源不断的优质公司资源,促进中小企业整体的产业升级。而且,我国公司债券和其他固定收益类产品市场发展相对滞后,尤其是交易所固定收益市场发展相对滞后,不能满足新兴产业通过发债形式获得融资。

(三)创业投资及股权投资基金对战略新兴产业的支持力度不足

首先,我国创业投资及股权投资基金近几年发展迅速,主要包括创业投资基金、信托投资业务、具有私募性质的资产管理业务、大批市场自发产生的股权投资机构。市场投资机构数量众多、种类繁杂,但尚未建立针对这些机构的监管体系,且各部门、各地政府对股权投资基金的扶持政策不一,存在监管套利,长此以往,不利于行业的健康发展。

其次,我国大量创业投资和股权投资机构的资金介入主要以处于相对成熟产业中的中小企业的中后期为主,对于高科技企业发展的种子期和创建期的支持力度不足,甚至出现将创业投资蜕化成短线投机和炒作工具的现象,这种投资行为无助于创新型企业的发展壮大。

再次,海外创投基金的资金主要来源于养老金、捐赠基金、保险公司、商业银行和公司投资者等机构投资者,个人所占比例一般不超过10%。而目前我国创投机构投资队伍尚未形成,民间个人资本充斥市场,投资门槛基本不存在,各种形式的集资大量存在,投资者风险意识和风险承受能力较差,不利于战略新兴产业的培育和发展。

最后,我国创业投资及股权投资行业缺乏合格的管理人才。我国创投和股权投资行业发展历史较短,行业人才储备不足,特别是2004年后大批资金进入该行业,合格的管理人才极度缺乏。目前,市场上的创投基金、股权投资基金管理水平参差不齐,除满足企业资金需求外,难以帮助企业改善经营管理,提供增值服务。

三、政策建议

针对战略新兴产业的特点,我们建议鼓励金融创新,完善投融资体制,优化金融生态环境,发挥金融市场在资源配置中的重要作用。大力发展资本市场,显著提升直接融资比重,充分发挥资本市场在推动战略新兴产业发展中的关键性作用。

(一)不断完善多层次资本市场体系

一是推动形成以创业板市场为核心的创新机制。加大对战略新兴产业的支持力度,积极推动符合条件的企业通过上市进行融资;根据战略新兴产业的企业特点不断完善创业板市场的新股发行机制、再融资制度和退市制度;完善并购机制,推动上市公司在创业板通过并购重组做大做强。

二是推动场外交易市场的发展。完善代办系统的各项制度,扩大科技园区在代办系统的试点范围,为众多科技园区的创新型企业提供融资和股权交易支持;借鉴成熟市场经验,充分考虑我国特殊国情,研究和探索建立统一监管下的场外交易市场,扩大资本市场服务范围。

三是积极发展公司债市场。建立集中统一监管的公司债市场,推动固定收益类产品创新发展,为符合条件的战略新兴产业企业提供多元化融资渠道。

(二)大力推动创业投资的发展

首先要完善创业投资发展的各项制度,加强软环境建设。完善相关政策法规,出台配套措施,落实合伙企业法,解决证券登记开户、基金资产第三方托管等难题;加快和完善社会信用体系建设,制定创业投资章程、合约等文件规范性指引,保护投资者权益;加大对创业投资专业人才的培养力度,吸引在成熟市场具有实践操作经验的专业人才回国从事创业投资事业。

其次要优化投资者结构,培育成熟的投资者。推动保险公司、社保基金、企业年金等长期机构投资者加大对创业投资及股权投资基金投资的力度,增加创业投资基金长期资金来源;建立合格投资人制度,引导和规范具有风险承受能力和识别判断能力的富裕个人和机构进入创业投资和股权投资市场;推动政府通过引导基金的形式参与创业投资市场,并建立相应的筛选和激励约束机制,充分发挥管理人的主动性和专业性。

最后要完善监管体系,规范行业发展。创业投资基金本质上属于金融机构,从国内其他金融机构的发展历程和现状来看,对其进行宽严适度,既能有效防范风险又能推动行业稳步发展的监管是十分必要的。此次金融危机之后,欧美发达国家也改变了过去以自律为主、监管十分宽松的状况,已将包括创业投资和股权投资基金在内的私募基金纳入金融监管体系。因此,应尽快完善创业投资及股权投资基金的监管体系。同时,在监管理念、监管内容上要与对传统公募基金的监管相区别,在规范行业发展的同时,充分发挥行业的创造力和活力。

（三）加大商业银行和中小金融服务机构对战略新兴产业的支持力度

鼓励商业银行加强对战略新兴产业的支持力度,鼓励有条件的商业银行设立专门服务于战略新兴产业的部门或机构,支持其在控制风险的基础上,将一定比例的信贷资金用于支持战略新兴产业,支持发展适合创新型企业特点的信贷产品。积极发展中小金融服务机构,引导担保机构、小额贷款公司专业化发展。鼓励金融机构创新服务方式和手段。

中国在全球金融发展趋势中的选择

巴曙松

1998 年是新兴市场经济体的一个新起点,历经东亚金融危机的洗礼,他们执行了稳健的货币和财政政策,在出口导向发展战略的带动下,迅速崛起。十年之后的 2008 年,当这个世界再次面临全球性的金融危机时,以中国为代表的新兴市场已经发展成为一支不可忽略的经济力量。一定意义上,这个十年对于中国和新兴市场国家而言正是"崛起的十年"。2008 年到 2010 年应该被定义成"危机应对之年",在这两年时间里,全球各国极其罕见地携手共治"百年一遇"的金融危机,中国则成为最先摆脱危机,走出"大衰退"泥潭的国家之一。虽然危机的余波未了,但最坏的情况已经过去,世界经济正迈入所谓的"后危机时代",并将重新拉开一个"十年大幕"。

一、新的十年:国际格局的多极化洗牌与全球治理的再选择

国际经济已经进行多极化重新洗牌,但全球经济如何治理,也将需要重新定位。

作者系国务院发展研究中心金融研究所副所长、研究员、中国银行业协会首席经济学家。

(一)国际经济格局的多极化重新洗牌

"后危机时代"一个标志性事件是国际经济格局的深刻调整。这表现在两个层次:从国家集团看,1998年东亚金融危机时,发达国家是国际债权人,新兴市场国家是债务人。2008年全球金融危机时,这一局面根本扭转,因此新兴市场国家和发达国家的经济力量对比出现了一个新的平衡。从单个国家看,美国"无就业的复苏"和"欧洲五国"的主权债务危机预示着原有的主导国家正在经历艰难的调整。在金融危机之后,中国的GDP总量超过日本,成为全球第二大经济体(参见图1),尽管这仅仅只具有象征性的意义,但是中国依然保持了强劲的复苏与增长态势。这意味着全球经济格局将不可避免地面临多极化的洗牌。

总之,从多个角度衡量,中国的大国地位已经初现雏形,特别是在危机应对过程中发挥了十分积极的作用。首先,中国也已经成为许多经济体的最大出口市场。例如巴西、日本、澳大利亚、韩国、中国台湾、中国香港的出口总量中,其中分别有13.2%、18.9%、21.31%、23.9%、28%、51.1%的份额被中国市场所吸收。因此中国在全球贸易中的重要性日益凸显。其次,仅从2009年的数据指标看,中国的外汇储备总量、出口

图1 美国、日本及中国的名义GDP(单位:十亿美元)

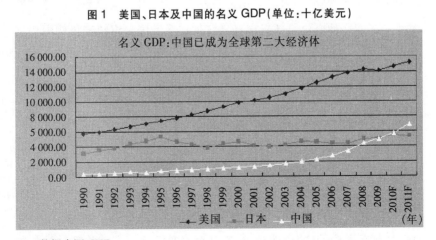

数据来源:IMF。

总额、经常账户顺差、煤炭消费量和汽车销售量已稳居世界第一;按国际购买力平价计算的 GDP、名义 GDP、石油和电力消费量、初级能源消费量已占世界第二名。再次,最耐人寻味的是,中国和美国在 2009 年的经济表现几乎可以说形成了十分有趣的对应。从这一年的增量看,中国经济的增长几乎抵消了美国经济的下跌,这表现在多个层次:2009 年中国的名义 GDP 增长约为 6000 亿美元,而美国则下降约 2000 亿美元;中国的消费品零售总额增长约 3000 亿美元,而美国则下降 300 亿美元;中国的汽车销售增量约为 450 万辆,而美国则下降 300 万辆;中国的家庭储蓄总额约为 4000 亿美元,而美国家庭负债则约为 2500 亿美元。这些数字很好地说明了尽管中国经济总体发展水平还较低,但是从增量看,已经是一个有国际影响力的大国,而一个崛起的大国,必然面临与原有的国际经济秩序的调整和互动的过程。

(二)多极化趋势下全球治理的再选择:G2、G20,还是改进的多边组织

2008 年蔓延全球的金融危机带来的不仅仅是一次金融和经济方面的巨大冲击,而且也凸显了全球治理结构的极度脆弱性。金融危机之前的十年,国际经济实力的对比正在发生变化,然而全球治理的基本架构并未体现这种变化,新兴市场经济体在多种国际组织和机构中仍然缺少话语权。例如长期以来,世界银行的现有 184 个成员国中,G7 国家集团占有的投票权高达 40%,美国一家占据着 16.38% 的比例。因此在重要决策需要 85% 以上多数票通过的规定下,美国就可以否决任何一项决策的通过与实施。有趣的是,一直标榜自由民主的美国,在国际组织中却是完全不强调发达国家与发展中国家的平等参与权。国际货币基金组织(IMF)成员国的地位同样失衡。金融危机之前,欧盟拥有 IMF 32.2% 的投票权,美国和日本则各拥有 17.1% 和 6.2% 的投票权;在 IMF 执行董事会的 24 个成员中,有 7 个来自欧盟。全球治理结构与国

际经济力量发生的巨大变化并未同步改进。

从历史上看,十年以前,1997~1998 年的金融危机被看做是新兴市场的危机,跟美国和欧洲关联不大。因此欧美国家主导的国际机构对亚洲危机的主流建议强调的是东亚国家应该仿效西方,按照国际标准和准则加强银行监管、金融透明度及公司治理,进行财政紧缩。从更广泛的意义上说,在进行国内货币和金融体制改革时,新兴市场经济体应该向发达国家看齐。这些观点随后被一般化为一系列金融稳定政策,并被认为能够产生所谓的"最佳实践"。十年之后,2008 年全球性金融危机打破了这一推论,因为这一危机恰恰发端于发达国家,发达国家采取的应对举措与 1997 年亚洲金融危机时迥异。金融危机揭示了发达国家金融体系透明度的不足,宏观经济和监管政策协调的失败,普遍存在的监管套利行为以及金融服务行业的道德风险。总之,全球性的金融危机表明发达国家所一直倡导的金融架构和运作方式并不能完全为中国和新兴市场国家提供合适的标准,同时它也没有指明什么样的标准才是真正合适的。因此全球必须探索一种新的合作框架,目前来看,未来面临三种选择。

1.部分美国学者呼吁的"中美共治"下的 G2 模式

弗格森、伯格斯坦等部分美国学者呼吁的所谓"中美共治"之所以引起关注和争论,一个最重要的背景就是中国经济实力的增强。中国已经发展成为全球"大国经济体"和"大国贸易体",年均 GDP 增长率在全球经济历史上保持着最好的增长记录。特别是 2008 年和 2009 年应对金融危机期间,不但中国与美国的经济表现出了惊人的互补性,中国的增长冲销了美国的下降,而且中国的强劲复苏也成为带动全球实现反弹的积极力量。

事实上,早在 2004 年美国国际经济研究所所长伯格斯坦就建议美国政府应该建立中美之间的对话机制,即 G2 模式。2008 年他在外交杂志上再次撰文指出,中国事实上已经成为与美国、欧洲并列的三大超级经济体之一,并对全球经济秩序提出新的挑战。而且他认为,中国对于现行的全球经济秩序中越来越多的标准、规则和习惯带来的挑战,可能对美国和世界经济运行本身就是颠覆性的。这种挑战将随着中国经济的强大和其国家自信力的增强以及美国政府执政效率和其全球领导地位的逐步下滑,变得日益明显。

但是,同样需要正视的是,首先,2009 年中国 GDP 总量按现行汇率计算为 4.9 万亿美元,大约只是美国的 1/3,而且在货币与金融、军事与科技以及国际规则制定权三个方面, 中国与美国之间的差距仍旧是巨大的。从这个角度看,中美之间的实力对比只是发生了变化,虽然速度和方向都是良性的发展,但目前而言,这种变化并非根本性的,中国要想发挥系统性影响力仍需要长足的进步。其次,美国仍然是现行国际金融与货币体系中的最大受益者,美元作为主导性国际储备货币的地位为美国的货币政策赢得了巨大的操作空间,而中国在金融不发达、人民币没有实现国际化的情况下,也只能被迫吸引美元资产,实质上是一个最大的发展中国家在为最大的发达国家进行巨大的贸易和金融方面的利益转移。因此未来十年甚至更长的时间,中国必须在金融和货币方面有新的突破,逐步推进人民币区域化和国际化不仅是一个理论研究的课题,而且应当进行现实的推进。

从这个意义上来说,总体而言,美国学者所呼吁的"中美共治"的外交含义远远大于现实的经济与金融含义,中国也不可能承担超出自身能力的国际责任,同时中国不同经济金融部门对国际经济金融体系的熟悉还需要时间,对此应有清醒的认知。

2.G20 是否可能取代 G8

G20 成立至今已十年有余。在亚洲金融危机之后,1999 年 6 月由美国等西方国家的财长在德国科隆提出建立更具代表性的全球经济论坛,目的是让有关国家就国际经济、货币政策举行非正式对话,以利于国际金融和货币体系的稳定和世界经济的稳定和持续发展。在这个建议下,1999 年 9 月 25 日在华盛顿 G8 财长创造了 G20 机制,即 20 国集团财政部部长和央行行长会议机制,这个论坛包括 G8 的八个成员,中国、阿根廷、澳大利亚、巴西、印度、印度尼西亚、墨西哥、沙特阿拉伯、南非、韩国和土耳其等 11 个国家和欧盟,同时国际货币基金组织和世界银行列席会议。这些国家的国民生产总值约占全世界国民生产总值的 85%,人口约占世界总人口的 2/3。G20 首次会议在同年 12 月 15~16 日在德国柏林举行。

然而直到 2008 年的金融危机,它并未引起足够的重视,在此之前,G7、G8 才是国际合作、协调与对话的一个最有影响力的平台。

目前看来,2008 年雷曼倒闭和次贷危机全面恶化以来,在不同时点,在危机的不同阶段,共召开了三次 G20 峰会。第一次是 2008 年 11月,被国际媒体称为在金融危机环境下"象征着世界格局转折"的 20 国集团华盛顿峰会召开。实际上,与取得的成果相比,这次峰会的象征意义更大。它显示了世界经济新同盟的力量和新权力分配格局的形成。第二次是 2009 年 4 月,在经济形势不断恶化的条件下,G20 领导人第二次金融峰会在伦敦举行,在金融危机的恐慌和冲击中,各国领导人就国际货币基金组织(IMF)增资和加强金融监管等多项议题达成共识,并于会后公布了《全球复苏和改革计划》。第三次是 2009 年 9 月在美国匹兹堡召开。这一次会议延续了前两次峰会的使命,共同商讨应对本轮全球性金融危机的政策措施,推动国际金融合作与监管改革。从华盛顿峰会、伦敦峰会到匹兹堡峰会的三个不同时点,世界经济局面不断改观,信心不断恢复。

总体而言,这些峰会基本确定了 G20 框架的危机应对与协商功能。历史经验再度表明:越是在危机的时候,一些关键的共识也容易达成,可以说,危机往往是改革的催化剂,使一些新的思想、新的措施、新的机构从幕后走向台前。G20 就是如此。

然而,虽然从 G7、G8 到 G20,国际社会出现从一极到多极的积极转变,发展模式的多样性和平等性得到一定程度的体现。但是,G20 也具有一定的局限性。首先,这个组织到目前为止还存在清晰的执行力和存在的合法性问题,协调能力也十分有限。到目前为止 G20 内部国家集团之间存在明显的利益冲突,新兴市场与发达国家在一些核心问题如改革国际货币体系方面存在严重的分歧。其次,成员数目多,效率相对低下。可以类比的是,G8 集团往往还难达成共识,相比之下,G20 可以说是分歧更多,退一步讲,即便 G20 能够达成共识,它一样还是把世界上绝大多数的国家排斥在外。所以,G20 的前途仍然有许多不确定性。如果说在危机时期这个世界可以借助于这个平台达成共识,那么在正常时期,它的影响力必然会下降,毕竟 G20 目前不存在一个具有约束性的合作与实施机制,各国中央银行与财政部仍然具有完全的自主性,各国之所以愿意在危机时期采取合作的态度,也是为了能够尽早走出危机,一旦危机过去,国际利益自然让渡于国家利益,这一趋势在三次会议的公报上就可以清晰地看出来。

3.改革 IMF

从目前的国际机构的架构来看,以 IMF 为基础进行改革,通常被视为是最具有可操作性,也具有更大的代表性的建议。然而,要想使之发挥更大的作用,IMF 必须在以下几个方面进行改革。

其一是决策机制与决策权力的分配问题。目前,IMF 的决策大多通过一个由 24 人组成的执行委员会进行,而每个成员则代表着世界的不同地区。那么相应的问题就是,欧洲国家的委员会成员过多,而亚洲和非洲新兴市场国家的成员过少。

其二是 IMF 投票权份额的计算方式。目前每个国家的投票权大小

取决于他们对 IMF 注资额的多寡。最近的一项研究发现,2000 年和
2001 年中国、印度和巴西的集体投票权为 19%,低于比利时、意大利和
荷兰三国,然而事实上,前三者的 GDP 规模是后三者的 4 倍,人口是整
个欧洲大陆的 29 倍。如果在未来数年内 IMF 还想维持其可信度,那么
它的席位和份额分配就需要充分考虑新兴市场国家的利益。此外,在
IMF 最高决策权上,有一种非正式的先例即美国领导世界银行,欧洲领
导国际货币基金组织,当然这同样需要改变。目前,呼吁改革这些陈旧
做法的声音被置若罔闻,而这将进一步威胁 IMF 的合法性。

其三是 IMF 在其他方面也需要改革。虽然 IMF 对其成员国具有影
响力,但是这通常只适用于危机时期,而且也只适用于那些出现债务支
付困境的小国家。类似于中国、日本和德国这样的世界主要债权国家,
他们完全可以忽略 IMF。实质上 IMF 对欧洲和美国等大国几乎无能为
力。更糟糕的是,对于那些威胁全球经济稳定的国家,从目前的情况观
察,IMF 也一直不愿意运用它强大的号召力进行批评和阻止。

总体上,未来十年,甚至更长的时间,国际合作与协调需要一个更
加广泛、更具有实施能力的平台,当然中国也需要认真考虑它在国际组
织与机构中的重新定位。

二、多极化进程中中国的再定位:全球经济再平衡与国际金融体系改革

如果从一个宏大的视角思考中国在未来多极化的国际经济格局中
的再定位,那么这将体现在两个方面:全球经济再平衡和国际金融体系
改革。

(一)中国在全球经济再平衡中的角色

从"大萧条"以来的百年金融史看今天的全球性金融危机,这次"大
危机"也是原有的全球经济和金融平衡被打破的产物。因此,危机本身

具有两面性,它既意味着旧的平衡格局难以为继,也预示着新的平衡格局会不断形成。对于美国等西方发达国家而言,表现为"过度消费"的经济模式不可持续,新的平衡要求储蓄率必须提高,而消费则必须降低;对于中国等新兴市场经济体而言,表现为"过度投资"和"出口导向"的经济模式也需要相应进行调整,寻找内部新的经济平衡点。

从图2我们可以看出,金融危机之后近两年来,由于美国和欧洲发达经济体受到了较大的冲击,经济增长率下滑,居民财富水平也受到大的冲击,所以外部需求下降,对来自新兴市场的出口需求也相应减少。

图2 不同国家或区域经常账户赤字在GDP中的占比变化趋势(%)

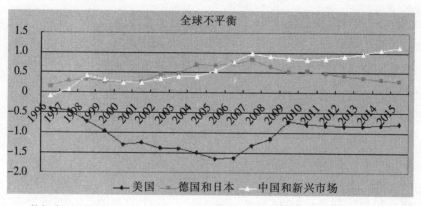

数据来源:IMF。

从中国的情况来看,在危机冲击下,中国外贸不平衡的状况在2010年年初已有所改善,外汇储备增速放缓。从总量上看,2010年一季度外贸呈恢复性增长:一季度进出口总额同比增长44.1%,比上年四季度加快34.9个百分点,其中,出口增长28.7%,进口增长64.6%。更为重要的是,由于进口恢复力度较出口更为强劲,2010年一季度贸易顺差为144.9亿美元,比上年同期减少479亿美元,3月当月出现贸易逆差72.4亿美元,中止了连续70个月的顺差局面。所以,在贸易顺差缩水和外商直接投资减少的情况下,2010年一季度外汇储备新增479.3亿美元,较 2009 年四季度新增额下降 786.3 亿美元,回落幅度达 62%。

当然,这只是一个开始。未来中国仍需要进一步依赖内需来推动增长,减少对外部需求的依赖,这需要转变经济增长方式,把出口导向的增长转变为内需和外需平衡并重的增长。从现实层面讲,中国的出口导向型发展战略是全球化大背景下的一个组成部分,较低的劳动成本和不断提高的劳动生产率使中国成为全球产业链的一个重要环节,如果中国的供给优势和全球的产业分工格局不变,则中国的生产能力就会保持或上升。

因此,中国的调整必须放到全球调整的大背景下。2009 年以来以美国为代表的西方发达国家正在进行不同程度的经济"再平衡"。仅以美国为例,在金融危机的冲击下,美国的消费和储蓄模式正在发生积极变化。美国的国民储蓄率不断上升,目前国内居民储蓄净额占 GDP 的比重已由危机初期的-1.2%提高到 6.5%以上。随着国民储蓄率的不断提高,美国的国际收支赤字也不断下降,目前国际收支差额占 GDP 的比重已由 2008 年的-5%变为 2009 年上半年的-3%。这样一来,作为世界最主要消费进口国,美国的进口减少,可能会对全球贸易格局产生直接影响。长期来看,美国等国的经济"再平衡"将不可避免大幅减少对中国产品的市场需求,需要中国的出口部门进行新的调整,增加高附加值产品的出口,同时更加关注内需市场的拓展。这就是中国要调整的部分,也是中国对全球经济再平衡的贡献所在。中国再平衡是全球再平衡的有机组成部分。

(二)中国在国际金融体系改革中的再定位

一定程度上,目前国际金融体系的框架仍然延续了长期以来的那种以西方发达国家为中心的所谓"中心——外围"模式。这次金融危机以前,美国和欧洲被认为理所当然的领导者,他们制定国际标准并推销到世界各地。然而,在这次金融危机的巨大冲击之下,目前这种模式的可持续性也越来越受到挑战，那么未来国际货币安排应该具备什么样的特征，或者最为核心的关切是什么？未来中国在国际金融与货币体系的重建过程中，必须更加关注国际多极化趋势背景下的公平和稳定，并最大限度地推进这一目标的实现。

首先，中国在未来的国际货币体系安排中应当获得更为公平的对待。第一个问题是未来国际货币金融体系的设计必须是公平的，即在多极化的背景下，它不应再由西方等发达国家主导，处于绝对的决策权垄断地位，中国等新兴市场应该参与游戏规则的制定。

在未来的国际货币体系安排中，以西方发达国家为中心的模式能否持续本质上取决于经济力量的对比。对此，美国和欧洲曾经都是充满信心的。欧盟曾经雄心勃勃地打造所谓"最具活力与竞争力的知识经济"，从而为欧洲的恢复注入新的能量，但目前可以看到欧洲部分国家正陷入严重的主权债务危机而不能自拔，美国政治家则以其一贯的"can do"心态认为新能源经济和企业家创新将成为美国经济增长的长期驱动力，然而同样也可以看到，美国正在经历一种尴尬的"无就业的复苏"困境。

因此长期来看，世界经济中心由发达国家转向发达国家和新兴市场国家多极化发展的趋势将是不可逆转的。许多权威机构的研究表明，在世界经济总量份额中，相对于发达国家，新兴市场经济体的比重将稳定上升；而且在未来世界经济增长的贡献方面，新兴市场也是最为重要的世界经济的"发动机"。据测算，到2020年"金砖四国"（BRICs）在全球经济总量中的份额将增加到27%，而美国将下降到17%，因此，世界经济格局的结构性变化和新兴市场日益提高的影响力意味着在未来的全球政策制定过程中，包括中国在内的新兴市场都将成为新的、重要的、建设性的积极参与者，而不再仅仅是旁观者，同时这也将使得全球决策机制更加多元化和均衡。

其次,未来的国际货币体系安排应当更为关注稳定性,为中国经济融入全球经济创造一个稳定的国际经济金融环境。全球金融危机揭示了国际货币体系高度的不稳定性。金融危机期间,甚至到今天,在范围、速度及规模方面,世界主要货币的名义汇率都出现了大幅波动。最近愈演愈烈的欧洲主权债务危机表明,货币的不稳定有可能成为金融危机的下一个中心。

目前来看,关于当前国际货币体系的缺点基本已经达成共识。国际清偿力的管理建立在一个根本不对称的体系中。在这个体系中,美国占世界 GDP 总量的 25%,美元在各国中央银行国际储备资产所占的比重达到 65%~75%。这意味着,美联储不太可能把自己的国内政策从属于国际经济发展的需要,而是更多地片面强调自身的利益。例如,为了应对金融危机和经济衰退,美联储大幅投放货币。短期内,大量的货币投放可能是治疗危机的一剂"良药",但是过于宽松的货币政策不仅增加了美国通胀的潜在压力,也对全球的货币政策形成巨大的冲击,很容易演变成为全球性的中长期问题。

因此,在未来的国际货币安排中,为了克服这种不对称性并维持货币稳定,新兴市场的应对之策应该包括:第一,一个什么样的新国际货币体系才能体现对新兴市场的关切,对此应该达成共识;第二,加强SDR(特别提款权,下同)的作用;第三,国际货币多元化。首先,新兴市场国家的政治意愿和国内政策优先顺序将决定他们能否就新的国际货币体系安排达成一致意见,但是,至少应该认识到,特别是对于中国这样的经济大国而言,将其货币盯住无约束的美元越来越是下下之策;其次,SDR 分配机制的制度约束限制了其作为主要储备资产的功能,使之仅发挥辅助性角色;另外,国际货币体系仍然是管理国际清偿力的主要工具,因此一个多元化的国际货币体系将更加安全和稳定。

本杰明·科恩认为美国国际收支赤字和金融危机的冲击将会明显

弱化美元在国际储备货币中的主宰地位。长期来看,欧元、日元,甚至人民币都将成为美元最有力的竞争者,但这些"同等竞争者货币"还不能取代美元,因此我们未来将处于一个更加分散化、竞争更加激烈的国际货币体系下。

然而,随着中央银行所持有的美元储备资产规模不断膨胀,对中国而言,"盯住美元"与国际货币多元化已经成为需要谨慎权衡的"两难困境":一方面,大量的储备资产赋予中央银行足够的能力来影响国际市场行为,并推动多元化储备体系的建立;另一方面,人民币盯住美元的前提条件是作为"锚货币"的美元价值必须稳定,这意味着中央银行需要继续持有而不是抛售美元储备,从而与储备多元化目标相互冲突。事实上,目前美元资产价值之所以没有出现大幅波动的重要原因是以中国为代表的新兴市场仍在增持美国国债。因此,研究"美元锚"的汇率退出机制十分必要,历史经验反复表明,像中国这样的崛起中的大国,不可能通过将本币盯住一个越来越不稳定的信用货币而获得长期的经济金融稳定,因为这不但使本国的货币政策失去应有的独立性,而且也很容易招致外部的压力,目前以美国为首的发达国家甚至新兴市场对人民币升值的施压也从特定的角度说明了这个问题的迫切性。

因此,如果从这个角度思考,在国际经济金融体系多极化的背景下,应当积极参与国际金融体系的重构,更多体现发展中国家的利益,同时应当及时退出"美元锚",稳步推进人民币的区域化和国际化,改变当前中国的贸易大国、金融小国的格局。尽管这一进程正处于起步阶段,距离最终目标还有很长的路要走,但是这一次全球性的金融危机凸显了这一课题的不可拖延和不可回避。

探索与争鸣

EXPLORATION AND CONTENTION

公民利益就是国家利益

先治"中国病" 再防"日本病"

以民主自治改革农村土地制度

"民工荒"是个伪问题

公民利益就是国家利益 | 顾海兵

　　作为从计划经济时代走过来的人，也许是因为到了知天命的阶段，常常对一直流行而又光荣正确的口号生出一些怀疑。比如，牺牲小我保大我，外交无小事，国家的事再小也是大事、个人的事再大也是小事，宁愿牺牲生命也要保护国家与集体财产，等等。无疑，这些口号在特定时期特定空间是正确的，但如果把它无条件地推广至一般情况则大可质疑了。比如，宁愿牺牲生命也要保护国家与集体财产，就一般的财产来说，比如牛羊、钞票等，都是可再生可易生的，就不可以拿任何生命去交换，因为生命无价，生命对任何人只有一次。只有对特定的财产，比如特殊文物、核设施、秘密设备等，在没有任何其他方法可以保护的条件下，非如此不可时，才可以说牺牲生命，而且说可以牺牲生命也不是一定要牺牲生命。确实，在和平时期，战争状态下的诸多理念都需要好好梳理了。比如，战争时期的战士需要被和平时期的公民所替换，因此，国家利益的内涵就需要更新认识。

作者系中国人民大学经济学院二级教授、校务委员。

一、什么是国家？什么是政府

什么是国家？五百多年前，或中世纪后期，西方国家在走向民主化的过程当中，伴随着文艺复兴、宗教改革、产业革命、科学发展，经过三百多年，才在二百年前逐步把这个问题比较科学地解决了。实际上，我们只要看看五百年前欧洲的历史——从古罗马帝国灭亡到文艺复兴开始，是历史上公认的"黑暗的中世纪"。这种黑暗突出的体现是什么呢？首先就是专制政府、官方教会对宗教的不宽容和对异端的迫害，它是人权史上最黑暗的一页。

典型的表现就是在宗教上，如果你信奉的宗教和官方的宗教不一样，结果会怎么样？结果就是把你监禁、烧死、砍头，甚至你提出了一个和官方宗教理论不一致的学术观点，都可能把你的生命草营了，即使不把你置于死地也得封杀你、软禁你。比如，15~16世纪的波兰科学家哥白尼经过长年的观察和计算完成了他的伟大著作《天体运行论》，提出了与教会"地心说"相对立的"日心说"，由此他遭到了限制、封杀、监视、威胁；16世纪意大利哲学家、科学家布鲁诺由于发展了波兰科学家哥白尼的"日心说"，提出"宇宙无限说"而在罗马的百花广场上被教会处以火刑烧死；16~17世纪的意大利学者伽利略则因宣传和证明哥白尼的"日心说"被判处终身监禁，宗教裁判所宣布他的著作为异端邪说。但是，青山遮不住，毕竟东流去。随着14~15世纪包括达·芬奇、米开朗琪罗等在内的一大批人所推动的文艺复兴，16世纪初德国宗教改革者马丁·路德质疑赎罪券的《九十五条论纲》公开贴于维滕堡大教堂的大门上，17~18世纪由牛顿、瓦特等所引擎的科学革命、产业革命兴起中世纪的丧钟终于敲响了，人们才逐步地认识到究竟什么是国家。水到渠成，1762年法国启蒙思想家、哲学家、教育家、文学家卢梭的《社会契约论》问世，他从国家与人民、国家与法律、自由与平等、国家与社会等多角度对社会契约理论进行了系统的阐述,提出"天赋人权说",反对专制与暴政。该书译者何兆武先生认为,此书的中心思想是人生而自由与平等,国家只能是自由的人民之自由协议的产物。如果自由被强力所剥夺,则被剥夺了自由的人民有革命的权利,可以用强力夺回自己的自由。国家的主权在人民,而最好的政体应该是民主共和国。针对封建制度和等级特权,提出了争取自由和平等的战斗口号,并要求建立民主共和国。美国革命的《独立宣言》、法国革命的《人权宣言》以及两国的宪法,在很大程度上都直接继承和体现了卢梭的理论精神和政治理想。那么,在这本书里,卢梭把"国家"解剖成什么呢?国家绝不是政府,国家和政府完全是两个概念,他认为,国家是公民的联合体。这里我们转引一些原文①如下。

　　如果我们撇开社会公约中一切非本质的东西,我们就会发现社会公约可以简化为如下的词句:我们每个人都以其自身及其全部的力量共同置于公意的最高指导之下,并且我们在共同体中接纳每一个成员作为全体之不可分割的一部分。(第20页)

　　只是一瞬间,这一结合行为就产生了一个道德的与集体的共同体,以代替每个订约者的个人;组成共同体的成员数目就等于大会中所有的票数,而共同体就以这同一行为获得了它的统一性、它的公共的大我、它的生命和它的意志。这一由全体个人的结合所形成的公共人格,以前称为城邦,现在则称为共和国或政治体。当它是被动时,它的成员就称它为国家;当它是主动时,就称它为主权者;而以之和它的同类相比较时,则称它为政权。至于结合者,他们集体地就称为人民;个别地,作为主权权威的参与者,就叫做公民;

① 卢梭.社会契约论.何兆武译.北京:商务印书馆,2003.

作为国家法律的服从者，就叫做臣民。但是这些名词往往互相混淆，彼此通用。只要我们在以其完全的精确性使用它们时，知道加以区别就够了。（第21页）

公意永远是公正的，而且永远以公共利益为依归，但是并不能由此推论说，人民的考虑也永远有着同样的正确性。人们总是愿意自己幸福，但人们并不总是能看清楚幸福。人民是决不会被腐蚀的，但人民却往往会受欺骗，而且唯有在这时候，人民才好像会愿意要不好的东西。众意与公意之间经常总有很大的差别：公意只着眼于公共的利益，而众意则着眼于私人的利益，众意只是个别意志的总和。（第35页）

一切自由的行为，都是由两种原因的结合而产生的：一种是精神的原因，亦即决定这种行动的意志；另一种是物理的原因，亦即执行这种行动的力量。当我朝着一个目标前进时，首先必须是我想要走到那里去，其次必须是我的脚步能带动我到那里去。一个瘫痪的人想要跑，一个矫捷的人不想跑，这两个人都将停止在原地。政治体也有同样的动力，我们在这里同样地可以区别力量与意志，后者叫做立法权力，前者叫做行政权力。没有这两者的结合，便不会或者不应该做出任何事情来。

我们已经看到，立法权力是属于人民的，而且只能是属于人民的。（第71页）

什么是政府呢？政府就是在臣民与主权者之间所建立的一个中间体，以便两者得以互相适合，它负责执行法律并维持社会的以及政治的自由。

这一中间体的成员就叫做行政官或者国王，也就是说执政者，而这一整个的中间体则称为君主。所以有人认为人民服从首领时所根据的那种行为绝不是一项契约，这是很有道理的。那完全是一种委托，是一种任用。在那里，他们仅仅是主权者的官吏，是以主权者的名义在行使着主权者所托付给他们的权力，而且只要主权者高兴，他就可以限制、改变和收回这种权力。转让这样一种权力既然是与社会共同体的本性不相容的，所以也就是违反结合的目的的。

因此，我把行政权力的合法运用称之为政府或最高行政，并把负责这种行政的个人或团体称之为君主或行政官。（第72~73页）

政府愈是把这种力量耗费在自己成员的身上，则它剩下来所能运用在全体人民身上的力量也就愈小。

因此，行政官的人数愈多，则政府也就愈弱。（第78页）

引文到此，我们可以看到，政府是什么呢？政府是为实现国家作为公民联合体而服务的一种工具，是使作为主人的公民与作为臣民的公民互相适应的中间体。政府只能是工具，是国家机器，是国家的仆人。因此，简单地说"政府代表国家"或"政府天然代表国家"是大有问题的。一定要明确政府是仆人，它是为公民服务的，也就是为国家服务的，它不能自然的，也不能天然的是国家的化身。我们常常把政府作为国家的化身，那完全是误读。实际上，应该是以公民联合体来要求政府，或者说必须要求政府代表我们或受我们委托为国家服务，也就是为公民或公民的联合体服务。所以，明白了什么是"国家"、什么是"政府"之后，国家利益也就清楚了。显然，从这个角度出发，侵犯任何一个公民的利益都是侵犯国家的利益，因为任何一个公民都是国家（公民联合体）不可分割的一部分。

二、公民的利益就是国家的利益

现实中我们很多人分割了公民和国家的关系。其实，当你侵犯任何一个公民的时候，你就在侵犯所有公民（权利），你在未来还有可能直接侵犯所有公民。所以请不要把国家和公民割裂开来，国家就是公民，公民就是国家。只不过因为公民的数量太多了，不适合直接搞公民议政、行政，所以才需要议会或类似议会的组织来代为议政，需要政府来代为行政。想一想古罗马、古希腊时代，推行城邦政治，所有城邦的大事都要经过城中男人们的讨论，然后投票，实行直接民主。当然，早期的罗马城邦地盘不大，人员构成简单，直接民主可行。如果地盘大、人口多，就没办法推行直接民主了，但民有民治的本质不变。

国家实质上是公民的另一个名称，国家没有自己特别的利益，公民的利益就是国家的利益，但政府却可能有，或天然有自己的利益，因为它是由官员组成的，特别是在对政府监督失效的时候。所以，一定要区分国家、公民、政府三者是什么关系，我们有的时候是把政府和国家天然地画等号，把政府与公民之间画等号，甚至认为政府大于公民，这些都是误读误解，结果只能是对公民利益的侵害。

在现实生活中，因为搞不清楚或不想搞清楚是国家利益还是某种商业利益，包括房地产开发在内，动辄就拿国家利益说事儿，明明是商业利益，硬说是国家利益，以国家之名行政府之实、行政府官员利益之实、行某些开发者不当利益之实。更糟糕的是，有的时候公民利益被政府利益绑架了，政府利益又被官员利益绑架了。本来国家、政府、公民三者，公民始终是第一位的，是核心、是本质。而且，必须认识到公民利益就是国家利益，万不可认为公民利益是低等的利益，国家利益或政府利益是高等的利益。这完全是误解、歧见。对于国家与公民关系的正确意识如果建立不起来，中国的很多问题必然是无解的、是要恶化的。最重要的是要杜绝打着国家利益的旗号干着反国家利益即公民利益的事。

当然，在当下中国，公民利益、公民权利问题是不可能很快基本解决的（在任何国家，都不可能做到完全或绝对解决）。从历史看，民主国家的民主化进程或者说让国家回归到国家本来面目的过程也不是一蹴而就的。仅仅三百多年前,英国国王查理一世还被送上了断头台;两百多年前,法国国王路易十六也被送上了断头台;美国直到一百多年前女性才拥有选举权,五十年前有色人种才拥有选举权。所以,仅仅明确国家的本质是公民,国家的利益就是公民的利益,每个公民的利益都是国家的利益,这个过程本身就非常艰难,它是一个循序渐进的过程,想很快地解决是不可能的,欲速则不达,还可能倒退。尤其在中国,几千年的封建专制,也没有经历自发的、完整的文化启蒙和近代工业化过程,国土面积那么大,人口 13 亿多,民族多种,如此多的差异,注定中国解决这一问题的进程会相当复杂。甚至在三十多年前,还发生了"文革"这样的践踏人权的十年浩劫。但中国发展的大方向已经不会变,也不可能变了。从比较看,整个欧洲人口或非洲人口也都只有我们的一半,量变引起质变,100 万人的国家和 1000 万人的国家是有很大差异的。比如,美国可以资助以色列,因为以色列只有 500 万人,但它断然不可能资助一个 5000 万人口的国家。500 万人,怎么支持它都能承受得了,每人给 1 万美元,也只是 500 亿美元。但换成 5000 万人,它能资助得起吗?每人给 1 万美元,那就是 5000 亿美元,那肯定要了它的命。就像美国总统奥巴马搞医改一样,他可以解决三四百万人的医保问题,但他要解决 4000 万人的医保就相当艰难,甚至可以说,虽然议会可以通过,但他最终不会成功,让我们拭目以待。

所以,还国家以本来面目是一个过程,不要速成,也不能速成。也许可以说,这与培养一个绅士或贵族需要三代人或百年这种说法所蕴涵的道理是一样的。中国人,包括笔者,多数人在多数时候可以说是长期习惯于跪着生活,他没有或不敢有这种站起来的意识,当然有人是被迫的,有人是不敢站,有人是跟风的。据新闻报道,在河南睢县,有个七旬农民,因为动了乡长的茶杯就被抓起来关了 7 天,没有任何程序,乡长的胆子就这么大,他头脑中有公民利益、国家利益吗？他认为在他那个乡的地盘上,他就是天下第一,他就是领导,他就是高民一等。他根本不知道或不想知道国家和政府的关系。当然,这不能全怪他。也许无论哪个乡长在本质上都是一样的,他的权力不是由乡民决定的,所以他可以不为任何乡民服务。再有,前些年有个东北的县委书记直接派人到北京抓记者,他头脑中有国家概念吗？他知道国家的本质是什么吗？他当然以为国家就是专政的工具。显然,他混淆了国家与政府,把国家等同于政府或政府官员,把国家等同于国家机构、国家机器。这样的混淆在一定范围内大概还要继续很长时间。

需要注意的是,这里用的概念是公民,请不要把它改成人民,也不要改成居民。公民是具有法律含义的。因为如果你一讲人民,有人马上就把人分为两种：人民和敌人。其实任何敌人也是人,他都有基本的人权。再说,世界上有永久的敌人吗？没有。就算关在监狱里的"罪犯",他也有基本人权,除了对他的自由活动等几项权利有限制,其他的权利,比如人格权、名誉权、身体权等是不能侵犯的。关在监狱里的"罪犯",尊重的说法应该是自由等待者,"躲猫猫"的悲剧绝不应该重演。当然,当民主化已经深入人心、民主体制真正建立时,是否再区分人民与公民并不是一个问题。

三、公民权利神圣不可侵犯

由于政府是官员的联合体,所谓官官相护,政府就天然地会出现异化或相当的异化,最终表现出来的就是官民对立或严重对立,以致官逼民反。几千年来,为什么中国老是改朝换代？为什么老是走不出所谓周期律——"黄宗羲周期律"？原因就在于不明白什么是国家,把皇帝当成国家,把政府当成国家,甚至把官员当成国家,这怎么能不出问题呢？为什么要叫"社会契约论"？国家是一个公民的联合体,所有公民之间的某种契约形成了所谓的国家,由一部分人(公务员)来维持整体的利益。公民有一些权利是天然的、不可侵犯的,比如名誉权、人格权、身体权、财产权。有句流传很久的国外格言是这样说的:"老百姓的房子,风能进,雨能进,国王不可进。"多年以来,大家都在谈论一位欧洲老人长期拒绝国王要求搬家的事情,那说明什么? 说明公民利益不可侵犯,保护一个人的利益就是保护所有人的利益,就是保护国家的利益。比如,商业性拆迁本来属于民事行为,是两相情愿的事情。你要拆我的房子,可以,咱们平等谈判。如果谈不拢就算了,我不卖;开发商,请你另想辙。我要是不同意搬迁,你给天大的价钱也没用,绝对不可以动用专政的工具。但是,我们的某些政府官员没有这种意识,随便就可以让你进监狱,随便就可以闯进你的房间,老百姓根本没有安全感。据报道,日本东京的成田机场,从一开始建设就遭到一些农户拒迁的反对,几十年了,到现在还没有彻底解决,也许就不该解决。千万不要以为,就你们这几个人,我给你搞定了。必须明确,侵犯任何一个人都是对国家、对法律的践踏。一个国家,如果警察的权力太大了,或警察局升格高于其他政府部门,这个国家是很危险的;如果社会的稳定全靠警察来维护,也是很危险的;警察局长的级别高于其他局长,甚至兼任副市长、市委常委,那也是很危险的。警察,应该是存在而不怎么动用那才叫高,所谓不战而屈人之兵。

我们有的政府官员常常把公民当草民,尤其对个体公民。当然,对某些特别的或特殊的公民,虽然他们也是公民,我们有的官员是轻易不会让他们拆迁的,如果拆迁那也要给天价的秘密赔偿,是断不会随便动用专政工具的。我们有的官员很善于区别对待,实质是歧视处理。

也许有人会说,过分尊重(个别)公民的权利,会导致公民滥用权利,这种说法不值一驳,理由如上——公民的权利是天赋的。

先治"中国病" 再防"日本病"

徐祥临

一、话题缘起

"日本病"这个词在我国学术界已出现多年，但究竟由谁何时开始使用，笔者没有考证。但近两三年，尤其从去年下半年起，财经学术界乃至官方，关注"日本病"的议论突然增多起来，笔者从网上了解了一下讨论的热度，最多的居然达到 1890 万条。这是因为，我国在抗击国际金融危机过程中采取扩张性财政政策和货币政策，造成流动性过剩，在房地产带动下，资产价格迅速攀升，泡沫经济特征明显。议论"日本病"，正是为了防止我国重蹈日本二十年前因经济泡沫破裂导致国民经济长期徘徊不前的覆辙，为国民经济又好又快发展创造良好的宏观经济环境。

讨论"日本病"的用意是好的，笔者完全赞同。但是，自 2010 年春节之后，笔者注意到，学者们对"日本病"的讨论有点"离谱"了。分析"离谱"的原因，不在于对"日本病"没有说清楚，而在于对日本总体的认识和对中国总体的认识不清醒。无论是"日本病"，还是中国未来发展隐患，都要放在各自的总体中去认识。否则，对总体认识不清醒而讨论局

作者系中共中央党校经济学部教授、博士生导师。

部问题,行为就会出现偏差。差之毫厘,谬以千里。学者们对中国和日本认识不清醒,主要表现为对中国和日本处于什么发展阶段认识不清楚,简单地把现阶段的中国与1990年前后的日本相提并论,过高地估计了中国的发展水平,忽视了日本历史上与中国现阶段相似时期创造的发展成就与经验,从而忽视了中国亟待解决的根本性问题。

以防止中国出现泡沫经济为目的讨论"日本病"的学者(亦有学者从其他角度关注"日本病")普遍认为,现阶段的中国与1990年前后的日本具有相似性。理由是日本与中国同属亚洲,又是近邻,两国均有经济飞速发展的二十年时间。只不过日本是20世纪70~80年代为飞速发展期,而中国是20世纪90年代至今。目前中国经济的很多情况与20世纪80年代末的日本非常相似:国内需求不足,长期依赖出口,然后出现了国际社会对本地货币升值的强劲挤压,强劲的压力导致大量资金进入,进入之后又造成资产价格上升,然后银行体系出现了很多隐患,这些隐患短期内表现不出来,长期之后一旦暴露就会泡沫破灭,整个宏观经济进入萧条期,等等。中国学者们担心:令无数日本人为之扼腕长叹的"失落的二十年"是否会在中国重现?"日本病"会不会传染给中国?

如果单纯从防止泡沫经济的角度看,借鉴当年日本宏观调控当局处置失当的教训并无不妥,但如果以为防止了泡沫经济就能够保持中国国民经济持续健康发展,就不会"失落二十年",则难免失之于表面和浮浅。因为日本的问题只是失去了二十年的经济增长,并没有明显的经济社会秩序混乱迹象。国际经济危机爆发期间,游客们观察到,日本人要比美国人显得从容。但是,中国果真如日本一样,十年乃至二十年经济增长停滞不前,也会像日本那样,做到经济社会秩序稳定吗?答案当是否定性的。如果中国经济增长陷入停滞状态,必然造成大量失业,由此,很多穷人就会因为生活无着落而陷入绝境,从而引发严重的社会经济动荡。因而,笔者认为,中国把日本作为前车之鉴,确有必要吸取日本陷入泡沫经济的教训,但这不是主要的,而是要认真思考一下:日本人虽然未曾预料到泡沫经济破裂,然而一旦泡沫破裂后,十年乃至二十年,社会经济秩序依然稳定,这是为什么?显然,日本依然稳定的原因不在于泡沫破裂,而是因为日本在形成经济泡沫前的高速增长时期,已经做足了社会经济稳定的功夫。日本的这种功夫虽然属于过去,但对于现阶段中国而言弥足珍贵。我们中国缺乏做足这种功夫的过程,甚至中国的精英阶层还没有认识到,说明中国还处于病态之中。对照一下网络搜索的结果,与讨论"日本病"相应的"中国病"的内容并不多。笔者认为,有必要以"先治'中国病',再防'日本病'"为题做这篇文章,并希望借此提高讨论"中国病"的热度。

二、对照日本确诊"中国病"

当今世界,中国经济发展一枝独秀,此时谈论"中国病"显得不合时宜。但是中国老百姓有"成绩不说跑不了,问题不说不得了"的朴素思维方式,据此,中国要做到继续又好又快发展,需要清除重大社会经济隐患。以人均 GDP 衡量,2010 年前后的中国只相当于日本 1970~1975 年之间的水平,处于 3000 美元上下的阶段。但在这个阶段,中日两国最大的差别不在于经济增长速度,而在于高速经济增长带来的财富分配状况。据日本著名经济学家南亮进推算,日本 1974 年的基尼系数是 0.34,低于 1964 年的 0.37。这就是说,日本在国民经济高速增长时期贫富差距是缩小的,且维持在合理范围内。1972 年,日本实现了城乡居民收入均等。1975 年,以比较直观反映当时日本家庭收入状况和生活水平的洗衣机和电冰箱普及率来看,个体经营者家庭分别为 96.3%和 96.8%,工薪族家庭分别为 98.1%和 96.6%,农户分别为 98.3%和 97.2%,相差无几,农户略高。而当 21 世纪第一个十年结束时,中国的基尼系数已经在过去的三十年间接连越过 0.3、0.4,直奔 0.5;2009 年城乡居民收入差距达到 1∶3.33,为历史上最大值;2008 年中国农村居民家庭洗衣机和电冰箱的普及率分别只有 49.11% 和 30.19%,而城市居民家庭却分别达到了 94.65% 和 93.63%。

这就是说,中国 2010 年之前的二十年与日本 1975 年前的二十年相比,虽然都发生了其他国家羡慕为"奇迹"的经济高速增长,但是,就贫富差距而论,日本缩小到了公平合理的范围内,而中国却扩大了不公平不合理的范围。这就是"中国病"。

当然,现阶段我国贫富差距拉大,不能仅仅以日本为参照,更重要的是用我们自己的标准来衡量也是病,而且是大病。因为在发展社会主义市场经济过程中贫富差距不断拉大,背离了中国特色社会主义的本质规定性及人类公平正义的价值取向。笔者这样说是有根据的。

其一,贫富差距拉大问题是在改革开放过程中出现的,有悖于改革总设计师邓小平的初衷。改革开放起步阶段,邓小平一方面重点强调让一部分地区、一部分人先富起来;另一方面也指出:"社会主义最大的优越性就是共同富裕,这是体现社会主义本质的一个东西。如果搞两极分化,情况就不同了,民族矛盾、区域间矛盾、阶级矛盾都会发展,相应地中央和地方的矛盾也会发展,就可能出乱子。"尤其是邓小平在南巡讲话之后进一步认识到:"富裕起来后财富怎样分配"也是"大问题","分配的问题大得很"。

其二,贫富差距拉大与科学发展观的精髓,即以人为本格格不入。以胡锦涛同志为总书记的党中央以科学发展观治国理政,就是要解决国民经济快速发展过程中财富分配不公问题。胡锦涛同志在纪念党的十一届三中全会召开三十周年的讲话中指出:"坚持以人为本,以解决人民最关心最直接最现实的利益问题为重点,着力发展社会事业,着力完善收入分配制度,保障和改善民生,走共同富裕道路,努力形成全体人民各尽其能、各得其所而又和谐相处的局面,为改革开放和社会主义现代化建设营造良好的社会环境。"同时,胡锦涛还告诫全党:"党的先进性和党的执政地位都不是一劳永逸、一成不变的。过去先进不等于现在先进,现在先进不等于永远先进,过去拥有不等于现在拥有,现在拥有不等于永远拥有。"贫富差距拉大,财富分配不公,正是对"人民最关心最直接最现实的利益"的直接侵害,解决不好,必然直接危害党的先进性和执政地位。

其三,群体性事件增多,根源在于财富分配不公。据报道,1990 年的群体性事件只有 8700 起,而 2006 年已经上升到 90000 起,扩大了十倍。连中央也承认到了"矛盾凸显期"。中国社会科学院社会学所的研究表明,在近年来发生的恶性群体性事件中,参与的群众具有"非阶层性,无直接利益"的特点,也就是说,一些老百姓参与闹事,既不是为了自身的利益,也没有明确的阶层特点。这已经说明,他们心中长期积压了不满意情绪,找到碴儿口就要宣泄出来。而不满情绪的产生,又主要是在征地、拆迁、就业、社保、工资、补贴等经济问题上产生的,老百姓的经济利益受到直接损害。更为普遍的是,一些富人一掷千金,花天酒地,而一些穷人就业、看病、上学、购房困难重重。中国自古就有"不患寡而患不均"的文化传统。贫富差距拉大问题解决不了,社会动荡只是时间早晚的问题。这种社会动荡一旦发生,对于经济增长的破坏力将远远大于日本经济泡沫的破裂,可以类比的大概是 20 世纪 70 年代以来经济增长停滞与社会动乱相伴而生的拉美国家。

三、如何治好"中国病"

关于中国现阶段缩小贫富差距,笔者在《中国经济观察》2007 年卷第 1 辑上曾经发表过《用"笨心眼"看贫富差距》一文进行讨论。虽然时过三年多,基本观点不变。本文做一些必要的梳理和重要补充。

"中国病"与"日本病"相比,性质是不同的。打个比方说,"日本病"是感冒、发烧、倦怠、乏力、难受,一般地说死不了人,但病因尚不清楚,很难治愈,说不定什么时候就好了;"中国病"是阑尾炎,有个潜伏期,初期隐隐作痛(群体性事件多发),一旦发作,疼痛剧烈,不治会死人,但真正想治,手术并不复杂,也没有什么医疗风险,很快就能够治愈。

对于笔者把解决贫富差距拉大问题比喻成治疗阑尾炎,可能会有读者不以为然,认为这个问题十分复杂,解决起来并不容易。但笔者认为,解决贫富差距拉大问题,前提是敢于从战略上藐视它,也就是要坚定解决问题的信心和决心。因为,历史地看,我们党解决这个问题的困难程度既不会超过新民主主义革命时期夺取政权的困难程度,也不会超过为解决短缺问题而进行的从计划经济到市场经济的体制改革的困难程度。

贫富差距拉大是改革中出现的问题,只能通过深化改革加以解决。在坚定信心和决心的前提下,以下几项措施具有战略性意义。

(一)勇于承认并敢于打破改革开放过程中形成的教条主义

教条主义害死人。这是我们党第一代领导核心毛泽东同志在腥风血雨中总结出来的深刻教训。不论是在革命的最初十几年里,还是在建设的最初十几年里,我们党的事业都受到过教条主义的严重危害。那么,改革开放已经三十年,在取得巨大发展成就的同时也积累了诸多矛盾和问题,集中表现为"中国病"。"中国病"的产生与教条主义有没有关系?胡锦涛总书记在纪念党的十一届三中全会召开三十周年讲话中指出:"我们既不能把书本上的个别论断当做束缚自己思想和手脚的教条,也不能把实践中已见成效的东西看成完美无缺的模式。"

贫富差距拉大到今天这个程度,就与我们学习市场经济理论中一些专家学者搞教条主义有关。在我国经济学界,有相当一部分学者认为,我国在人均 GDP 几百美元到几千美元的发展阶段,贫富差距必然拉大。其理论根据无非是库兹涅茨的"倒 U 形"假说和刘易斯的二元经济结构理论。然而，笔者在以往的著述中已经指出过，这些经济理论并非完美无缺。不求甚解，盲目崇拜，必然得出有利于资本要素，而不利于劳动要素的片面结论。用这些片面的结论指导经济政策和经济体制改革，就会使中国特色社会主义道路发生偏差。事实上，这些并非完美的理论确实影响到了我们的经济政策。多年来，忽视甚至损害普通劳动者利益的问题得不到解决，正是以这些理论为支撑的。

对于笔者把认同现阶段我国贫富差距必然拉大观点称为教条主义，会有人愤愤不平，甚至会批评笔者在扣帽子。其实，细读毛泽东当年领导中国革命时对于教条主义的批评就不难发现，他是在批评党内不同观点，并不是对敌斗争。任何人都要敢于坚持自己认同的观点，但坚持某种观点是在搞教条主义还是在坚持真理，并不决定于主观愿望，而是要靠实践来检验。毛泽东当年批评王明等人搞教条主义，是因为按照他们那套照搬于苏联的理论行事，中国共产党领导的革命事业就不能成功。现阶段的中国如果迷信贫富差距必然拉大那一套理论，不仅背离了邓小平创立的中国特色社会主义理论，更重要的是，广大普通劳动者将丧失对改革开放的信心。不论是真正的共产党员还是真正的学者，都应当以追求真理为己任，而不是对某一具体理论观点顶礼膜拜，以为自己接受的理论就是绝对真理。笔者发这番议论，并非无的放矢。在一次有众多经济学者参加的座谈会上，当笔者提出"在人均 GDP 几百美元到几千美元的发展阶段缩小贫富差距，日本能够做到，为什么中国做不到；韩国能够在资本主义制度下做到，为什么中国在社会主义制度下做不到；中国台湾能够在国民党领导下做到，为什么中国内地在共产党领导下做不到？"的问题时，有学者质询笔者是否了解"倒 U 形"理论。当笔者回答"知道"并表示愿意就这个理论的科学性及其在中国的适用进行学术讨论时，对方却又表示"不想同谁争论什么问题"。

(二)坚持经济问题在经济领域解决的大思路

作为拥有特定文化传统的中国人，从主观愿望上赞同贫富差距拉大的几乎没有。即使那些主张现阶段贫富差距拉大的学者，也只是依据"倒 U 形"假说，认为贫富差距拉大一个时期后会自然缩小。但是，在主张应立即着手解决贫富差距拉大问题的学者与官员中，对于贫富差距拉大的原因及如何解决，也是见仁见智。

近年来，对单纯进行经济体制改革而忽视政治体制改革的批评越来越多。有学者认为，贫富差距拉大的问题主要是由腐败造成的，只有进行政治体制改革，才能使权力受到限制，彻底反腐败。

笔者认为，把经济领域出现的问题扯到政治领域中去解决要十分慎重。用政治办法解决经济问题，作为一种大思路，在我们党的历史上，有成功也有失败。成功是指新民主主义革命时期，农村土地问题本身是经济问题，我们党用武装斗争的政治手段进行土地革命，平均地权，满足了亿万贫苦农民的最大经济利益诉求，从而争取了民心，夺取了政权；失败是指计划经济时期，广大干部群众在行政命令瞎指挥和大锅饭分配制度下，没有调动发展生产的积极性，便用"大批促大干"的阶级斗争办法发展经济，结果事与愿违，短缺问题长期无法解决。短缺问题是在经济体制改革中解决的，即经济问题用经济办法来解决，也就是在既定基本政治制度框架内进行的经济改革，实现资源高效配置。我国改革开放三十年，核心内容就是经济改革与经济发展。贫富差距拉大是收入分配不公造成的，是个经济问题。笔者认为，既然经济体制改革和经济政策调整能够把"蛋糕"做大，相信也同样能够把"蛋糕"分好。

一些人认为，市场经济体制改革造就了多元利益主体，政治体制就要与此相适应，反映多元利益诉求。这种观点从理论上看并无不妥。但关键在于多元主体如何反映各自的利益诉求。在贫富差距越来越大的形势下,如果简单地照搬多党竞争模式,各派政治势力都要借群众利益之名,相互攻击,国家难以形成和谐发展的向心力。中国革命和建设的全部历史证明,中国共产党以代表和维护广大人民群众根本利益为宗旨,完全可以领导多元利益主体和谐共处,实现中华民族的伟大复兴。一些看似尖锐的利益问题,其实都可以通过经济改革得到解决。比如,城乡分割的户籍制度造成了城乡居民权利不平等,然而,在一些比较发达地区,户口对农民的权利限制已经随着经济发展基本消失,在个别地方甚至发生"抢"农村户口的现象。又比如,群众深恶痛绝的领导干部特权问题,并不是共产党与生俱来的,而是由两个方面的原因促成的。一是战争时期形成并经过计划经济时期延续下来的配给制(带有军事共产主义性质),可以程度不同地称之为按需分配;二是从计划经济体制向市场经济体制转轨过程中,片面理解"搞活",导致财会制度混乱。这类问题虽然十分重大,但完全可以在深化经济体制改革中得到解决。如日本、韩国和我国台湾的高速经济增长基本上是在政府主导下完成的,比较好地照顾了农村、边远地区、普通劳工的利益。

当然,笔者赞同深化政治体制改革,尤其是权力必须受到限制,党和政府的工作体现为人民服务的本色。但在社会分工高度发达的当今社会,政治归政治,经济归经济,理所当然。政治与经济的相互关联决定于经济发展水平、人文素质、历史传统等多重因素,并无统一固定的模式。即使是为数不多的几个西方发达国家之间也存在着很大的政治经济体制差别。新中国成立六十年有余,同样是在中国共产党领导下,既有计划经济时期严重短缺但贫富差距很小的时期,又有改革开放后经济增长迅速但贫富差距拉大的时期。既然如此,在党的统一领导下,在高速经济增长的同时实现共同富裕也是完全可能的。经济发展"又好又快"的"好",基本内涵必须包括"共同富裕",否则,广大老百姓就不会认同。

(三)缩小贫富差距的关键:实体经济所涉各要素报酬均等

结合中国的具体情况,借鉴日本经济高速增长时期实现缩小贫富差距的基本经验,缩小贫富差距,关键在于政策引导实体经济所涉各要素报酬均等。

不论是实现共同富裕的社会主义本质要求,还是防止高速增长后患上"日本病",基础都在于发展实体经济。笔者在日本实地做研究时注意到,日本各社会阶层之间与阶层内部收入差距大体保持在公平合理的范围内,就在于他们比较成功地做到了实体经济涉及的各种生产要素报酬大体均等。同等体能和智能的劳动力不论在哪个行业就业,获得的工资收入大体相等。这并不是政府的刻意计划安排的结果,而是经过市场竞争机制调节后的自然结果。当然,政府通过制定农产品价格政策,保证农民从事农业生产经营的劳动报酬及资金投入回报不低于非农产业,全国范围内公务员、教师等岗位大体均衡的工资标准,为缺乏资本的普通劳动者之间收入均等奠定了基础。除劳动力外,土地、房产、资本、管理等其他要素的稀缺性也能够在市场上得到合理合法的利益回报。

对照日本缩小贫富差距的政策措施,再运用基本的经济学知识仔细考察我国穷人收入低下的原因,便不难发现,我国穷人尤其是农民能够利用的资源要素(劳动力、农产品、土地等)报酬水平普遍偏低。造成这一状况的原因又在于把这些资源配置起来必需的流动性严重不足。比如,国家收购农产品有最低保护价,但该价格中包含农民的劳动报酬很少,远远抵不上农民进城做家政服务的收入高。谁都知道,农田水利建设、植树种草,对于国家长远发展非常必要,农民也能搞,但就是在很多地方搞不起来,原因在于缺乏资金投入,而不是因为缺乏实体性资源要素。所以,现阶段的中国,一方面城市经济流动性过剩,另一方面农村经济流动性不足。学者们讨论如何防止"日本病",不应忘记这一基本的宏观经济现实状况。

四、结语：关于"中国病"与"日本病"的关系展望

"中国病"治不好，穷人占大多数，既意味着中国拥有潜在的巨大发展空间，也意味着中国人手里不可能有很多钱，想患上"日本病"也很难。相反，中国能够少则十年、多则二十年把贫富差距缩小到公正合理的范围内，穷人的收入水平大幅度提高，相应会带来市场的繁荣。当中国普通老百姓手里普遍有了大量闲置资金时，一旦宏观调控当局放松对流动性泛滥的警惕，缺乏有效的管控措施，这些闲钱过量流向房地产市场和资本市场形成泡沫而患上"日本病"也并非不可能。

经济泡沫破裂造成的"日本病"也好，美国次债危机引发的国际金融危机也好，都是流动性脱离实体经济自由泛滥引发虚拟经济过度膨胀造成的。只要中国牢牢把握流动性促进实体经济发展这一点，经济泡沫就不会酿成全局性灾难，"日本病"也就不会传染给中国。眼下，中国当务之急不是简单地限制流动性过剩，而是让货币流动到穷人那里去，把他们掌握的资源高效地配置起来并让其得到相应的利益回报。

以民主自治改革农村土地制度

党国英

我国农村土地制度必须改革。改革的迫切性在于,第一,中央政府实现耕地保护的机制尚未形成,保证耕地保护红线不被突破仍有难度;第二, 长期以来与土地有关的纠纷和冲突成为农村社会不稳定的重要根源;第三,土地制度的缺陷已严重妨碍新农村建设和农民收入提高。

对于农村土地改革的迫切性已经成为社会共识,但改革的推进却异常困难。中共中央十七届三中全会提出了"产权明晰,用途管制,节约集约,严格管理"这一深化农村土地制度改革的重要原则,但在实践中贯彻这一原则却有重重阻力。我们认为,摆脱改革困境除中央政府需要依循经济规律做好涉及土地管理的立法、修法工作以外,另一重要条件是完善乡村民主自治制度。本文拟讨论这一论点。

一、深化农村土地制度改革遇到什么难题

关于农村土地制度,我们似乎面对数不清的纠结,但归根结底,我们实际上面对三个深层次问题。认清问题所在,是解决问题的前提。

作者系中国社会科学院农村发展研究所研究员、宏观经济研究室主任。

1.土地产权的合法性问题

我国法律规定农村土地实行集体所有制。从改革前的土地制度实际运行看,这种集体所有制是一种"共同共有产权",即集体成员无法退出所有权集体组织。这种制度只适应于典型的公共品产权设计,而农业生产并不主要是公共品的生产。于是,这种制度产生了种种弊端,以致中国人一度食不果腹、衣难暖身。

从法理(适应经济要求的法权设计)上说,农业生产中的土地制度应该实行农户所有制,或至少实行"按份共有产权制度"。但因为种种原因,我们的思想解放至今未到接受这一制度的程度。往深里说,经济实践还没有产生足够的压力让中国政治家选择这种制度。

但不合理制度的坚冰还是被农民和开明政治家砸开了一条裂缝。中国农村在 1978 年以后推开了家庭联产承包经营制度,官方将这种制度赋予一个政治妥协的名称,叫做"统分结合的双层经营制度"。《农村土地承包法》和后来的《物权法》都赋予这个制度的合法性。中国学界也与现实做出了理论的"妥协",希望通过土地承包权或使用权的"物权化",架空不合理的"共同共有产权",使集体所有权"名义化",让承包权或使用权成为真正意义上的财产权。这样中国人就完成了一个"半截子产权改革"。

我之所以将土地承包制的创造称为"半截子产权改革",是因为实践中并没有真正架空集体所有制这个"共同共有产权"制度,而学术界的承包权物权化梦想也并没有完全成为现实,农民的土地承包权远未成为财产权。农民的土地使用权益被随意侵犯司空见惯,而许多地方的农村基层干部几乎一致反对"增人不增地、减人不减地"这样的土地承包法基本条款,并以行动进行对抗。法律本身也充满了逻辑矛盾,给广泛的土地违法留下了巨大空间。总之,经济现实意义上的产权在很多情况下不具有合法性。我们至今对此很无奈。

2.土地规划的公共性问题

土地规划现实中的公共性问题几乎是理不清的一锅烂粥，但理论是清楚的。尽管农业是私人性质很强的产业活动，但其公共性也是很明显的。农业生产必须保持土地的可持续利用，必须考虑国家的粮食安全。这就决定了公权必须介入农业生产，并形成对土地产权的分割。这种分割表现为政府对农业经济和土地利用的规划权。而农民居住点的土地以及土地转为非农建设用地，更涉及公共利益，需要各级政府规划权的介入。

但我们的土地规划远未法制化，由此引起的问题数不胜数。国家的耕地保护计划落实十分困难，非农建设的土地利用率很低；村庄规划几近于无，社区对农民的违章建筑几乎无处罚手段；国家法律和土地规划的内在冲突制造了一个令世界不解的"小产权房"的概念，并成为政府的烫手山芋；建设用地被分为"圈内"、"圈外"两种，无法用统一规划画出一个"大圈"；法律规定农民的宅基地与住宅不能交易，但变相的交易比比皆是，以致大城市近郊农村普遍出现了违章建筑；部分地区年轻农民无宅基地盖房，各地政府应对办法五花八门；村庄的"一事一议"无自治共同体的法律地位，未形成整合民意的公共规划平台，以致难以形成以农民为主体的、可持续的公共投入机制；国家征地实际上是地方政府与农民之间的"一事一议"，没有统一的法律基础；公共利益和商业利益纠结在一起，削弱了国家征地的公信力基础。

因存在以上种种问题，中央确定的"用途管制，节约集约，严格管理"的原则很难在实践中贯彻落实，政府的规划权并没有形成有效的公共权力。

3.土地收益级差的合理分配问题

土地作为生产要素，会产生收入。在市场经济条件下，土地要素的收入一般占到国民收入的8%左右。我国目前没有按要素统计的土地租金收入项目，但我们可以假设农业领域土地要素收入大体为农民所得，且依据农用地市场价格的资料，可判定农地租金收益占农业增加值比重在10%左右。

问题出在农用地转移用途时的价格形成以及售地收益分配方面。地价是远期租金的现值。新中国成立以来，我国城市经济部门新增土地的现值应该在30万亿元左右，而农民所得到的至今在0.3万亿元左右。这种情形还在继续。国土资源部公布的2009年全国土地出让收入1.59万亿元。除此之外，我国还有城镇土地使用税、土地增值税、耕地占用税以及其他间接与土地有关的税种。另外还有一些与土地有关的复杂的收费项目。全国各级财政收入与土地交易直接相关的金额应在2万亿元之上。还有更大一部分土地增值收益归了房地产开发商。2009年房地产企业竣工价值额约7万亿元，保守估计土地增值收益在2万亿元之上。但农民获得的征地补偿费估计仅数百亿元。我们自然不能认为政府和企业一共4万亿元与土地直接关联的收益都应该归农民，因为其中的一部分收益来自存量建设用地的转移和增值。但毫无疑问，农地离开农民之后的增值几乎与农民没有关系。

土地增值分配不合理导致的直接后果，一是土地过量转用于非农产业，造成土地利用率下降；二是农村征地纠纷案发案数居高不下，影响农村社会稳定。目前我国和日本经济发展相应时期比较，我国GDP每增加一个百分点，对农地的占用面积是日本的8倍左右。

二、从深化土地制度改革的要求看，乡村民主自治应怎样完善

深化土地制度改革，必须解决上述三方面的问题。多年来，中央政府为解决这些问题想了很多办法，出台了很多法规、政策，这种努力尽管取得了一些效果，但还远未能解决问题。究其原因，一是我们涉及土地管理的法规、政策本身还不完善，二是缺乏一种有助于土地法规落实

的社会政治机制，其中主要是未能在完善村民自治制度的基础上发挥这个制度的积极作用。

我国村民自治制度由试行到正式立法实施，已经有二十余年的历史。对于这个制度的好坏是非，在官员之间和学者之间多有争议，例如有人批评这个制度削弱了基层党的领导，增大了农村社会的家族纷争，产生了贿选等消极现象，未能对农村发展产生积极作用。就农村土地制度改革看，村民自治似乎也未能起到推动作用，在土地违法案件中总能看到村委会干部的身影。我们认为，这种批评是非常片面的。的确，村民自治制度在实践中不尽如人意，但究其原因不是这个制度有问题，而是这个制度还不完善，与这个制度有关的配套改革还不到位。

相对完善的乡村民主自治有这样几方面的内涵。

第一，大的社会政治体制以及村民自治制度的法律，应对村民自治制度提供支持。最重要的一点是，国家法律应该给村民自治提供更大的空间。农村社区的公共事务和更大范围的社会公共事务毕竟有所区别。对前者的决策，若不妨碍更高层次和更大范围的公共利益，并与社会公认价值保持基本一致，那么决策的自主性应该受到尊重。

第二，在满足上述第一条的前提下，农村公共事务按照民主程序决定。日常公共事务可以由村民选举产生的官员决定，重大公共事务可以由村民代表会议或村民大会决定。少数服从多数原则是公共事务决定过程中解决纷争的基本原则。这一点已经大体被现行法规所确定，但具体落实尚不尽如人意。

第三，村民自治体的大小或延伸范围，应由村民决定。国家可以通过法律或政策鼓励农民建立较大的自治体，但不应强制划定村民自治体的大小。在计划经济时期，我们往往强制不同家族的农民组成一个生产队或生产大队，并在土地财产上搞"共产"，至今留下了许多后遗症，成为土地纷争的主要原因之一。村民自治制度走向完善必须重视和解决这个问题。例如，一个行政村假定由张姓和李姓两个家族构成，若两大姓之间有难以调和的利益冲突，他们可以按照一定程序分别建立村民自治体。

第四，在符合上述第一条、第二条的前提下，村民自治体作出的公共决策应该成为法院判决的依据。若没有这一条，村民自治的法律地位就是一句空话。若没有我国已经颁布的《村民委员会组织法》，村民自治体可以依据《公司法》来建立。既然有了《村民委员会组织法》，就应该尊重并依法建立村民自治体的法律地位，将它的公共决策视为民事公约。为此，必须修改我国的《民法》，以加强村民自治体的法律地位。特别是村庄规划要在《城乡规划法》的约束下固化为村民公约，并成为法院审理违反规划案件的依据。村镇建设无规可依或有规不依现象，是村镇建设的一个令人头痛的问题，如能建立村镇规划法制化或公约化的机制，这个问题将容易得到化解。

第五，必须为村民自治体的治理机构（如村民委员会）设计一个合理的财政结构，建立一套运行有效的公共财政制度，并使其与经营性财产运营完全分开。村庄的集体企业要和治理机构脱钩，使其在民营化的基础上按照《公司法》或《合作社法》的要求实现独立的商业运营。村庄治理机构的权力只限于处理村庄的公共事务，其"含金量"不能过大。这样一种机制建立不起来，村委会干部这种"芝麻官"就会有人趋之若鹜，贿选等弊端就难以杜绝。这个问题至今没有解决好，这是乡村民主政治难以顺利推进的重要原因。

完善村民自治制度还要做其他一些工作，例如对村委会干部的罢免要更加程序化，村庄公共权力的行使要有监督机制的保障等等。但从深化农村土地制度改革的要求看，以上五个方面的具体制度设计具有关键意义。鉴于我们在乡村民主政治发展方面已经迈开了重要步伐，从以上五个方面进一步完善这个制度也不是太大的难事。

三、以更加完善的民主自治制度保驾农村土地制度改革

上面提到的村民自治制度设计，显然有利于解决前文提到的农村土地制度的若干深层次问题。

第一，完善村民自治制度有利于解决农地产权问题。前文指出，农地承包权的物权化改革思路已经确立，十七届三中全会又进一步提出了土地承包关系长久不变的改革意见。在这种改革背景下，如果能防止基层干部利用公权侵蚀农民的土地承包权，那么土地承包权物权化的阻力将大大减轻。按照前面提出的制度设计，我们将会把村委会的公权限制在公共事务领域，把土地关系的调整交给农民的专业合作社，把土地经营纳入有关经济法规的约束之下，基层干部也就很难再干扰农民土地承包权的行使，承包权物权化将得以顺利实现。

第二，完善村民自治制度有利于解决土地规划的公共性问题。将村庄治理机构的权限集中于村庄公共事务，并实现村庄规划的公约化、法制化，提高村庄规划的公信力，压缩基层干部行使特权的空间，让农民养成以少数服从多数原则决定公共规划的法治传统，将大大减少村庄公共事务中的纷争，推动乡村和谐社会的建立。

第三，完善村民自治制度有利于提高农民在土地交易中的谈判能力，改变土地级差收益的分配关系。土地级差收益的分配要依赖中央政府对土地法规的进一步修订，在这个前提下，农民的谈判能力也是改变分配关系的必要条件。村民自治制度有助于提高农民的自主意识，而农民结成的合作社在脱离传统公共权力体系以后，行政关系对农民在土地交易中的压力将大大减轻，可以代表农民形成集体谈判力量，从而提高农民的谈判能力，使土地级差收益的分配能够向农民的意愿倾斜。

只要上述三种作用机制能够建立起来，本文开篇所讲的因土地制度不合理所产生的消极现象将大大减弱。农民在土地转移交易中的谈

判能力提高以后,土地初级市场的价格形成机制将发生变化,价格将更能反映土地资源的稀缺性,从而有利于我国土地的节约,从源头上防止耕地被乱占滥用。扩大农民利益诉求在土地规划形成中的作用力,实现土地规划的公约化、法制化,将使土地利用方式、土地用途变化以及地面景观选择更加有序,涉地纷争将大大减少,有利于农村社会稳定和新农村建设。同样,这种机制的确立将为农地流转创造一个好的法制环境,且农地流转在严格规划的前提下能够调低过高的增值预期,使流转价格得以在较低水平上稳定下来,有利于农地适当集中,促进农业规模化经营,增加农民收入。

"民工荒"是个伪问题 | 姜 波

珠三角缺工 200 万人，上海缺工，杭州缺工，重庆缺工，武汉缺工，泉州缺工，义乌缺工，威海缺工……今年春天，一场似乎是突如其来的"民工荒"搅动了整个中国。尽管这股浪潮已经过去，但明年春季一定会卷土重来。

针对大规模出现的"民工荒"，有人说，中国的人口红利即将结束；有人说，中国农村已经没有劳动力可转移；有人说，新生代农民工拒绝低层次工作，甚至有媒体发出"最后的农民工"的悲鸣。美国《华尔街日报》今年 3 月 2 日发表评论："对于一个劳动力依然极度过剩的国家，珠江三角洲等中国经济增长引擎地区在春节后出现严重用工荒的报道让人很有些难以理解。"

其实，笔者倒认为，所谓"民工荒"是个伪问题！

因为不管是从目前我国的人口总量还是发展阶段、社会结构等方面来说，中国都不应该出现劳动力短缺的情况。"民工荒"的背后，折射出深层的体制扭曲。

作者系《经济日报》导刊部主任。

一、"刘易斯拐点"远未到来

按"刘易斯拐点"理论,在二元经济结构中,在农业剩余劳动力消失之前,社会可以源源不断地向工业部门供给劳动力,而工资并不会大幅上涨。直到工业化基本将农村剩余劳动力吸纳干净,这时如不大幅度提高工资,农业劳动力就不会进入工业部门。中国真到了逼近"刘易斯拐点"的境地了吗? 非也。

据国家统计局 2009 年国民经济和社会发展统计公报显示,去年我国城镇人口为 6.2 亿人,就是说城市化率仅为 46.6%。这种社会经济结构,却说农村不再有劳动力可向城市转移,岂不是天大的笑话! 如果中国真是维持这种从事农业生产的 7.1 亿人只创造全国 GDP 10.6%的经济结构,那么,中国的现代化恐怕是遥遥无期了。

专家估计,尽管目前我国农业劳动生产率如此低下,而农村隐性失业率仍接近 50%。不要说达到美国那样大农场式的现代农业结构,中国就是达到日本和韩国那样在保留大量小农和兼营农户的现代化水平,至少还要向城市转移两三亿农业人口。我国目前单位农村劳动力的粮食产出不到韩国的 1/2,不到日本的 1/4。如果生产效率提高到韩国的水平,意味着还有 1.7 亿剩余劳动力可供转移, 比此前估计的 1 亿人要高出 7000 万人左右;如果提高到日本的水平,则尚有 2.3 亿剩余劳动力需要转移。而且,目前中国的经济规模只相当于美国、日本、德国的 1/6,而劳动力人口则相当于三国总和的 3 倍! 随着中国科学技术水平和劳动生产率的提高,必然会有一大批人从现有的工作岗位被挤出而进入新的岗位。三十年后中国农村人口将减至 4 亿人左右。

事情很明显,所谓"民工荒",不是农村剩余劳动力枯竭,而只是农民出于利益比较等原因的考虑,暂时不想进城罢了!

城市化,是现代社会发展的必由之路,也是中国经济持续高速增长最本质的动力。到城市去,是人类现代社会大部分人的必然抉择,也是中国大部分农民梦寐以求的理想。现在人们已经形成共识,中国要解决"三农"难题,最根本的途径是减少农民。可是,中国农民为什么在城市化的时代大潮中却裹足不前了呢?很简单,是因为制度安排。

所谓"农民工"就是以农民身份到城市进行工业生产。国家允许并提倡农民流动到城市以补充快速工业化所带来的劳动力缺口,但却不允许农民改变身份,不能享受城市居民的福利和待遇;用工企业只是把农民工当做招之即来、挥之即去的"机器人",而不是当做本企业的重要组成部分,更不是当做需要投入的人力资本。城市,是农民工的驿站,而不是生活栖息地,更不是终身安歇的家园。他们向往城市,却被城市排斥;他们热爱城市,却被城市歧视。按现在的制度,他们在青春已逝、体力枯竭的四五十岁之时,只能悲凉地被城市驱逐回他们本不想回归的农村。城市留给他们的回忆是那个巨大的钢筋混凝土怪物的凶残与无情。

人的抉择是在收益与风险之间的权衡。一个农民背井离乡举家进城是需要付出代价的,但如果制度允许,为了子女与未来,很多农民会义无反顾。一些发展中国家的农民抛弃家园而挤进城市的贫民窟,就充分说明了这一点(当然,中国应该防止贫民窟的大面积出现)。可是,如果在城市辛辛苦苦十几年甚至几十年,最后还不得不回到农村,那农民就要计算比较收益与比较成本了,就要权衡进城的代价了,就要考虑"后路"了,就不得不经营那"一亩三分地"了,哪怕是进城打工收益会多些。

现行的城市户籍管理制度已经严重制约了我国城市化的进程,也束缚了农村劳动力及人口向城市的转移。如果政策允许农民举家进城落户(目前只有 20%的农民工夫妇带着孩子在城市务工),中国城市化率恐怕至少会立刻提高五到十个百分点,也绝不可能出现所谓的"民工荒"。

而且,农民进城取得市民身份之后,政府合法收回其承包土地,这对于农地集中以实行规模化经营来提高农业生产率,意义非同小可;农民进城取得市民身份之后,政府合理收回其宅基地统一利用,这对于节约土地,意义非同小可。有专家估算,如果中国城市化率达到70%,可腾出宅基地1亿亩。农民进城取得市民身份之后,就要融入城市的消费潮流,这对于拉动整体消费扩大内需,意义非同小可。有专家估算,一个城市市民的消费能力相当于一个生活在农村的农民的3~4倍。

从整体上说,不是农村剩余劳动力已经枯竭造成了"民工荒",而是现行制度阻碍了农村劳动力向城市的流动。中国仍然具有庞大的"人口红利",至于是不是在2015年会"人口红利终结",实践将作出回答。

二、提高农民工待遇,维护社会正义

美国《时代》周刊去年12月16日揭晓了2009年度人物,"中国工人"作为榜单中唯一一个群体荣登亚军位置。《时代》还刊登了4名中国女工的照片,她们是来自深圳的一家光电科技产品企业的女员工。《时代》总编辑理查德·斯坦格尔说:"没有中国工人,就没有中国8%的经济增长,世界经济也会处于最糟糕的境地。所以中国工人是观察中国对世界影响的一个角度,这种影响实在是无法估量。"

"中国工人",首先是庞大的农民工群体。英国《卫报》相关评论说,中国的成功正是来自数以千万计的、草根阶层的中国工人。英国广播公司也表示,中国工人特别是那些背井离乡到沿海地区工厂打工的民工是中国经济成就背后的真正功臣。

具有讽刺意义的是,被国外媒体评为"年度人物"的群体,而在国内却一直被排斥、被歧视、被压榨,他们像"候鸟"一样,游走于各城市之间,无奈地吟唱着感伤的流浪之歌。在农民工这个群体中,固然不乏建功立业的佼佼者,也不乏游手好闲之徒,但从整体上说,他们是城市辉煌大道的铺路石,是滋养中国经济的"奶牛",吃进的是草,挤出的是奶。

中国农民工生活在城市的最底层，他们的付出远远超过城市居民的艰辛与劳作，其福利与报酬却远远低于同一片蓝天下的城市居民。

多年来，我国经济以接近10%的速度持续高速发展。经济增长的目的，是为了广大劳动者的可支配收入不断提高，物质和精神生活的水平不断丰富。如按同比例增长，农民工的工资收入早就应该翻番了。可是，长期以来，农民工的收入始终在低水平上徘徊。我并非否认企业家对推动经济增长和增加社会财富所做出的巨大贡献，但不可否认的是，的确有些企业老板利用中国初级劳动力几乎无限供给的客观现实，千方百计地压榨工人尤其是农民工的工资，以积累自己的财富。一些企业主干起了杀鸡取卵的傻事，把农民工当做随心所欲的劳动工具，没有技术培训，没有"三险"保障，招之即来，挥之即去。没有订单时，把农民工赶出门外；订单像雪片一样飞来时，迫使农民工夜以继日地加班，甚至个别企业竟让农民工在一个月里加班300个小时！而且农民工工作条件之差，是有目共睹的。更有甚者，为防止农民工因劳动强度过大而离去，企业老板竟将门窗用铁栏杆焊死，致使意外发生火灾时工人们无路可逃而被活活闷死的事情也不鲜见。

以中国农民工最为集中的珠三角为例，有调查数据表明，从1991年到2003年，珠三角地区农民工平均月工资12年间仅仅增长了68元！如扣除物价上涨因素，实际上竟是负增长！这在现代经济生活中是不可理喻的。据广东省有关部门2004年的调查，全国24个城市新员工中，长三角周边6省市平均月工资高出全国平均水平的8.5%，深圳仅高出全国平均水平的5.4%，而东莞竟比全国平均水平低16.8%！

几年前，曾有专家就"血汗工厂"盘剥农民工的状况发出呼吁，要求地方政府强制提高最低工资标准，这立刻遭到一些企业主的强烈反对，说这将导致生产成本上升而恶化投资环境，而崇尚新自由主义的一些学者则应声附和，说这将扭曲市场机制的调节作用，影响资源的最佳配置。然而,他们对这种"血汗工资"造成整个社会分配机制的扭曲,则熟视无睹。2008 年实施的《劳动合同法》也遭到一些人强烈抨击,说是以欧洲的福利标准来套中国的现实,将极大地影响中国经济的效率。似乎企业主的利润应该是永远至上的,似乎中国工人特别是农民工就应该永远处于低工资、低福利的状态。初次分配中的不公已经成为中国收入分配中最大的不公! 有权威统计数据显示,从 1997 年到 2007 年,在我国 GDP 比重中,政府财政收入从 10.95%上升到 20.57%,企业赢利从21.23%上升到 31.29%,而劳动者报酬却从 53.4%下降到 39.74%。社会财富在日益向政府倾斜的同时,越来越向资本、向企业主集中。

作为后发国家,经济快速增长的确需要付出一定代价,但这种增长不应该以牺牲环境和劳动者权益为代价。这种"血汗工资制"势必引起广大农民工的不满,他们势必要维护自己的合法权益。当他们在资本面前呈现弱势时,只好采取一走了之的消极抗争,"用脚投票"了。所谓大面积"民工荒",也是一种历史的必然。

针对今年春天的"民工荒",各地政府终于坐不住了,不得不提高最低工资标准。北京、上海、江苏、浙江、广东、天津、福建、湖北、山东等纷纷上调最低工资标准。农民工聚集大省的广东分四档将最低工资标准一下子平均提高了 21.1%,略高于江苏、北京,但低于上海、浙江,其中执行最高一类标准的广州市由原来的 860 元/月提高到 1100 元/月,涨幅为 27.9%。人保部 4 月曾透露,在第一季度有 7 个省市调整最低工资标准的基础上,今年预计还有 20 个省份将会调整最低工资标准。

尽管如此,一些地方还是有些企业被"撂荒",提高了工资也还是招不到工。何以如此? 真的是像有人所说,政府和舆论把农民工的胃口吊得太高了,新生代农民工不愿吃苦,中国农村真是没有剩余劳动力可转移了? 其实不然,提高之后的"最低"标准仍然不高。根据调查,月工资在 1800 元以上的企业几乎没有大面积的农民工流失,也没有为招不到工而犯愁过。这也说明了为什么国有企业和一些跨国公司没有"民工荒"。

是收入水平！如果收入水平合理，势必吸引农民源源不断地流向城市，流向企业，至少十年内不应该发生大规模的"民工荒"现象！国家统计局 2009 年的调查显示，农民工月均收入东部地区为 1455 元，中部地区为 1389 元，西部地区为 1382 元。根据人保部今年 2 月份的农民工就业情况调查，49% 的农民工认为收入太低，18% 的农民工认为加班太多而不愿回原企业打工。正如日本舆论所言："有些学者认为，中国出现了劳动力短缺。不能不说这完全是一种错误的解读。为什么会出现用工荒？这主要是因为，企业所提供的用工条件与求职者的要求不相吻合。由于经营环境的恶化，许多中小企业不得不压低工资，对于打工者来说，靠低廉的工资几乎无法维持生计。"

所谓"民工荒"的结果，应该是迫使企业、地方政府和全社会进行反思并采取亡羊补牢的措施，提高农民工的待遇。这对于缩小已经比较悬殊的社会收入差距，维护社会正义，无疑具有积极意义。

三、产业升级迫在眉睫

在今年春天的"民工荒"中，最为紧缺的并不是人们想当然认为的技术工人，却是最为普通的简单操作工，特别是珠三角的东莞，竟占了缺工总数的 60% 以上。这说明什么问题？

利用毗邻港澳的地理优势，抓住对外开放的历史机遇，珠三角地区形成了最大的"三来一补"式的"世界加工厂"，为全国的经济发展做出了不可磨灭的贡献。不过按照国际产业转移规律，附加价值低的劳动密集型产业在一个地区不会长期停留，因为随着经济发展和当地人们生活水平的提高，劳动力成本自然水涨船高。在东亚地区，这种趋势尤为明显，日本、韩国、新加坡如此，中国台湾与香港地区也如此，泰国、马来西亚等都是如此。可是这些低附加值的劳动密集型产业竟在珠三角滞留了三十年而没有转移！一个很重要的原因，就是随着人员在境内的自由流动，我国初级劳动力的供给几乎是无限的。这客观上使得一些企业老板不思技术进步，不思产业升级，靠压低工人工资而维持低廉的生产成本。当农民工因工资收入、劳动时间、福利保障、疾病伤残等原因与资方产生纠纷时，当地政府站在农民工一边的少见。一些低附加值劳动密集型企业长期占有土地并污染环境时，当地政府有时睁一只眼闭一只眼。这是因为只要企业留在当地，不仅政府会取得税收，而且村镇集体和居民个人通过向农民工提供房屋出租还能获得一笔稳定的收入。还有，尽管农民工的餐饮与消费水平很低，但因其人数庞大，也能为当地服务业带来不小的收益。笔者在东莞听一个镇政府的科长夸口道，他家有 48 套房子向农民工出租！于是，那些低层次的玩具厂、制鞋厂、服装厂、电器厂等就在珠三角地区常年扎根了，尽管近年广东省政府大力提倡"腾笼换鸟"。就是在今年春天"民工荒"愈演愈烈之际，一些东莞的老板们直言不讳地说，"最怕提产业升级。我们往哪儿升呀！""现在用工人，虽然劳动力成本提高，但至少还有钱挣。如果上了自动化生产线，而需求消失，我们可能会倾家荡产。"

不思进取，不壮士断腕般地升级产业，将毁掉改革开放排头兵的地位。珠三角如此，浙江义乌等地如此，苏南地区也如此。在珠三角、长三角、东部沿海地区，招不到普工的企业，要么倒闭，要么转移，要么升级，不应听任其苟延残喘。这些企业缺工所造成的"民工荒"是一种虚假的繁荣。

这些企业大都是"三来一补"的加工贸易企业，已经形成严重的路径依赖，技术要求不高，附加价值低，产品往往是国外市场的地摊货，而且订单不稳定，只能赚取一点低廉的加工费，对农民工的工资自然是一压再压了。国际市场稍有风吹草动，这些劳动密集型企业就岌岌可危，如果没有国家的出口退税政策扶植,一部分企业恐怕早就关门大吉了。

从国家宏观层面看,这些企业的存在是得不偿失的。尽管企业尚有蝇头小利,地方政府也聊胜于无,但国家却以退税为其支撑,还听任其消耗国内的能源、资源,甚至造成不同程度的污染。现在已经不是外汇紧缺的时代了,中国由于巨额外贸顺差正承受着巨大的贸易保护主义和人民币升值的压力。在一定意义上可以说,中国以自己的国民收入流失为代价抑制了世界性的通货膨胀的发生。亚利桑德拉·哈尼的《中国价格》告诉读者,"'中国价格'包含了零售商无情地压价,制造商不择手段,官员腐败和体制缺乏透明度。低廉的价格标签未能体现的是对中国劳工的剥削和对中国环境的毁损。"哈尼认为这些是中国竞争优势的真实成本。"中国的价格在某种意义上体现了为全球化做出的一种牺牲"。

这些曾经被收入低廉农民工所支撑的利润微薄的"三来一补"式、颇具"血汗工厂"色彩的企业,如今被农民工"荒"了,实在没有什么可大惊小怪的。这种"民工荒"只是一种假象。

遭遇大面积的所谓"民工荒",应该使珠三角等地的企业清醒:生产成本的上升是客观的必然,"候鸟"一样的农民工大军是无法支撑现代产业的。致力于高附加值的高新技术产业,引进消化和自主开发新的技术,通过技术培训等手段提高劳动者素质,以使农民工变成产业工人,才会增强产业竞争力。

财经观察

FINANCE OBSERVATION

大规模设立村镇银行谨防走样

地方政府功能与公共财政创新

通过制度创新解决初次分配问题

大规模设立村镇银行
谨防走样

张吉光

    自 2006 年年底银监会发布《关于调整放宽农村地区银行业金融机构准入政策　更好地支持社会主义新农村建设的若干意见》(后简称为《意见》),开始村镇银行试点以来,村镇银行获得了快速发展,包括国有银行、股份制银行、城市商业银行、农村商业银行,甚至于外资银行在内的各类商业银行纷纷发起设立村镇银行,掀起一股热潮。截至 2009 年年底,村镇银行已达到 148 家。根据银监会的研究,2006~2008 年,通过设立新型农村金融机构、现有银行业金融机构设立分支机构和延伸服务,解决了 1878 个零金融服务乡镇的金融服务问题。毫无疑问,村镇银行的设立在弥补农村金融空白,提升农村金融服务水平,促进"三农"发展方面具有重要意义。需要注意的是,由于政策规定的不完善、配套措施的缺乏以及后评价机制的缺失, 设立村镇银行过程中也暴露出一些问题,特别是《新型农村金融机构 2009~2011 年工作安排》出台后,短期内大规模设立村镇银行, 尤其需要关注政策执行过程中可能出现的偏差,谨防村镇银行"变形走样",背离政策初衷。

作者系上海银行战略管理部总经理助理、经济师。

一、三年一千家

2006 年年底,银监会发布《意见》,开始在四川、青海、甘肃、内蒙古、吉林、湖北六省(区)开展村镇银行试点。村镇银行是指经银监会批准,由境内外金融机构、境内非金融机构企业法人、境内自然人出资,在农村地区设立的主要为当地农民、农业和农村经济发展提供金融服务的银行业金融机构,村镇银行必须由银行作为主发起人。简单来说,村镇银行就是设立在农村地区的商业银行。

此后半年间,六个试点省(区)共核准 11 家村镇银行开业,开业的村镇银行运行良好,试点效果明显。鉴于此,2007 年 10 月,银监会决定将村镇银行试点扩展到全国全部 31 个省区市。此后,开业村镇银行的数量迅速增加,2007 年年底已开业村镇银行共 19 家,到 2008 年年底这一数字达到了 91 家,短短一年时间增加了 72 家。但随后的情况却出乎人们的意料,统计显示,截至 2009 年年底开业村镇银行家数为 148 家,这意味着在 2009 年一年时间内只增加了 57 家,与 2008 年的快速增长形成巨大反差。

笔者认为,很重要的一个原因在于,考虑到未来的发展,作为主发起人的银行都希望在东部发达地区设立村镇银行,对在中西部欠发达地区设立村镇银行的前景有疑虑。这就不难解释,在相对较理想的地方相继开设村镇银行后,新开业村镇银行的数量自然迅速下滑。在此情况下,2009 年 7 月,银监会发布《新型农村金融机构 2009~2011 年工作安排》,计划在 2009~2011 年共设立村镇银行 1027 家,并提出了"准入挂钩"的规定,即主发起人在全国百强县或大中城市市辖区发起设立村镇银行的,原则上与国定贫困县实行 1:1 挂钩,或与中西部地区实行 1:2 挂钩;在东部地区(全国百强县、国定贫困县和大中城市市辖区除外)规划地点设立村镇银行的,原则上与国定贫困县实行 2:1 挂钩,或与中西部地区实行 1:1 挂钩。从地域分布来看,1027 家村镇银行中中西部地区占了 70% 左右。显然,无论是村镇银行计划的地区分布,还是准入挂钩政策的提出,都显示出监管机构的良苦用心——引导甚至"强行"安排发起人到中西部地区设立村镇银行。

二、村镇银行意义深远

无论是在实务界还是理论界,村镇银行的试点都引起不小的争议。很多人认为,村镇银行终将走上农村信用社的老路,意义不大,当务之急是如何通过改革和完善农村信用社来提升农村金融服务水平。这种认识有一定道理但也有失偏颇。分析一下农村金融服务现状或许有助于理解村镇银行试点的背景和意义。

与我国经济发展的二元化格局相一致,金融服务的二元化差异和不均衡性也非常明显,即城市金融服务远高于农村,东部金融服务远高于中部和西部。统计数据显示,截至 2009 年 6 月末,全国仍有 2945 个乡镇没有银行业金融机构营业网点,其中西部地区 2367 个,中部地区 287 个,东部地区 291 个。其中有 708 个乡镇没有任何金融服务。造成这一现状的一个非常重要的原因就是,前几年国有银行纷纷从县域撤退,农村信用社的商业化改革造成其服务"三农"功能的弱化。粗略统计,过去几年国有银行撤并的县域网点超过 3 万个,从而进一步恶化了本已存在的城乡金融差距。显然,原有金融机构撤退后就需要新的金融机构填补空白,否则农村经济的发展和农村生活的提高将会严重受制于金融支撑的不足。

村镇银行的设立将在一定程度上缓解这一问题。根据银监会的研究,2006~2008 年,通过设立新型农村金融机构,现有银行业金融机构设立分支机构和延伸服务,解决了 1878 个零金融服务乡镇的金融服务问题。对于业界担心的村镇银行发展前景问题,孟加拉国的格莱珉银行为我们提供了可资借鉴的样本和说明。只要方法得当,农村金融市场空间广阔,而为大家所担心的农民信用问题其实并不是问题。

三、村镇银行发展环境有待完善

总体来看,已开业的村镇银行发展良好,但也遇到一些问题。这些问题的存在制约了村镇银行的业务开展和进一步发展壮大。

第一,征信系统缺乏,影响对客户的评级。一方面是农村信用体系建设滞后,农村征信系统尚未建立,农户信用资料难以收集,从而使得村镇银行缺乏足够的依据对客户进行评级,影响业务的开展。另一方面即使是设立在较发达地区的村镇银行,目前也不能接入人民银行的征信系统,从而无法利用已有征信系统的数据对客户进行有效的信用评级。

第二,结算渠道缺乏,影响业务的拓展。村镇银行至今不能获得结算行号,导致其无法在人民银行开立清算账户,不能参加同城票据交换和大、小额支付系统结算,无法开立汇票,不能与其他银行实现互联互通,结算业务受到限制。由于资金结算渠道不畅,不能提供相应的服务,企业也就不愿意在村镇银行存款,这又使得村镇银行的资金来源受到限制,影响其快速发展壮大。目前大多数村镇银行采取的做法是依附于主发起银行,依靠主发起银行的网络平台开展业务。

第三,差别准入缺乏,影响产品开发。村镇银行大多规模较小,而现有的一些市场准入门槛较高,从而制约了其开办新产品。比如银联的入网费用高达300万元,新开业的村镇银行往往难以承受,但如果不加入银联的网络就不能发行银行卡,这又使村镇银行在与同业竞争吸收居民存款方面处于不利地位①。

---

① 据了解,针对村镇银行反映最突出的银联入网费用过高问题,湖北银监局与银联公司进行了沟通和协调。在中国银联总公司的支持下,村镇银行入网费用按照注册资本金1%的标准收取(原标准300万元),湖北省成为全国率先解决村镇银行发卡入网的省份。

第四,税收优惠缺乏,影响村镇银行"三农"业务的开展。监管机构的初衷是希望将村镇银行办成专门服务于"三农"的银行,带有某种政策性特征。虽然村镇银行承担着服务"三农"的重任,但在营业税、所得税方面仍然按照其他商业银行的标准执行,而同样开展"三农"业务的农行和农村信用社则可以获得相应的农业贷款财政贴息。"三农"金融本身成本较高、风险较大,如果没有统一的税收优惠政策支持,将在很大程度上影响村镇银行开展此类业务的积极性。这也是现有银行不愿涉足此类业务的原因所在。

第五,社会认知不够,村镇银行还很难获得大众的认可。在此情况下,村镇银行难以与现有银行展开竞争,吸收存款面临较大困难。更为重要的是,村镇银行给人的感觉是"档次较低",从而难以吸引到优秀的人才。这必将制约村镇银行的长远发展。

四、关注六大问题,谨防村镇银行走样变形

问题一:村镇银行定位过分商业化,背离服务"三农"政策的初衷。

国内外实践显示,农村金融服务不可能是纯粹的商业性业务,更大程度上带有政策性特征。虽然商业性金融机构可以部分解决农村金融问题,但商业赢利模式决定了这些金融机构只能是定位于农村中的"中高端客户",而不是那些贫困、落后群体,而后者无论是从对金融服务的需求,还是从目前可获得的金融服务供给方面来看,都是农村金融问题中亟待解决的重心。在此背景下,村镇银行的初衷是弥补农村金融空白,提升农村金融服务水平,特别是完善"三农"金融服务。如果过于强调村镇银行的商业营利性特征,必然造成其在地域上更多地向发达地区集中,在业务上更多地向非农类客户倾斜,从而偏离政策设定的服务"三农"的定位。为此,相应的政策规定和对涉农类业务的政策扶持就显得极为必要。

问题二:"准入挂钩"政策限制了现有银行发起设立村镇银行的积极性。

2009年7月,银监会发布《新型农村金融机构2009~2011年工作安排》,提出了"准入挂钩"的规定。显然,监管机构推出"准入挂钩"政策的目的是希望通过东部与中西部地区的捆绑,解决发起人不愿意到中西部欠发达地区设立村镇银行的问题。但捆绑政策有可能打击发起人设立村镇银行的积极性,即使是发达地区也因此受到影响,从而有可能造成银监会发布的村镇银行三年设立计划落空。从数据上来看,2007年年底已开业村镇银行19家,到2008年年底这一数字达到了91家,而2009年11月份为118家。换句话说,2009年的11个月份仅新增27家,这一数字远低于2008年的72家,村镇银行的设立速度似乎正在放缓。这与"挂钩政策"的实施不无关系。此外,这种捆绑政策还可能造成另外一种局面:那些实力雄厚的银行为了抢占更多的东部地区设立村镇银行,必然需要同时占用更多的中西部地区的村镇银行指标,从而可能挤占中西部地区中小银行在中西部设立村镇银行的机会,造成金融资源分配的不均。

问题三:过分依赖主发起银行,村镇银行有成为主发起银行分支机构的趋势。

总体来看,已开业村镇银行运行良好,但配套措施的不完善,特别是结算渠道和征信系统查询渠道的缺乏,使得村镇银行的业务开展受到严重制约。在此情况下,村镇银行不得不依附于主发起银行开展业务,为此就需要主发起银行承担更大的责任、投入更多的资源。这有可能造成主发起银行将其作为分支机构来管理的事实,并在业务开展中更多地与已有分支机构合作。这虽然可以使村镇银行迅速做大,但由于现有银行(除农村金融机构外)很少甚至于不开展"三农"业务,从而使得村镇银行的定位向主发起银行趋同,偏离政策本意。

问题四：以村镇银行"替代"农村信用社。

在很多人的意识里，村镇银行做的就是农村信用社的业务，就是对农村信用社的替代。这很有可能造成地方政府在深化农村信用社改革的过程中，过于强调其商业化转型，扶持其做大做强，从而偏离原来的农村业务。各地成立省级法人农村商业银行的冲动就是例证。这样的结果必然是真正为"三农"服务的农村金融机构和服务的增量虽有增加，但存量也在减少，农村金融整体改善不大。换句话说，绝不能捡了芝麻，丢了西瓜。既要做好村镇银行这一增量，发挥其对农村金融的改善作用；也要做好农村信用社这一存量，进一步强化其"三农"服务功能。

问题五：村镇银行地方化，重蹈农村信用社和城市信用社覆辙。

村镇银行现有相关政策并未对地方政府在村镇银行筹建和运行中的角色作出规定，但现实情况表明，地方政府在村镇银行筹建中起着不可忽视（甚至是主导性）的作用。政策规定的缺乏使得各地地方政府在参与当地村镇银行筹建时具有较大随意性，并带来两方面问题：第一，虽然监管机构是各地村镇银行指标的制定和审批者，但地方政府对当地指标具有较大控制力，甚至于决定权。商业银行在某地设立村镇银行必须先征得当地政府的同意。于是，有些地方政府将村镇银行指标作为招商引资的新资源。第二，从目前情况来看，大多数地区的地方政府都能找准在村镇银行组建过程中的定位和角色，但也有少部分地方政府对地方金融资源掌控意识过强，强势参与村镇银行的组建，并搞行政化拉郎配，把一些地方国有企业引入到村镇银行中，甚至于对村镇银行的日常运行加以干预。当然，这未必是坏事，但农村信用社和城市信用社因地方政府干预而形成大量坏账的历史告诫我们，地方政府应减少对村镇银行的干预，充分做好服务支撑工作，其余的交给市场来完成。

问题六：地方政府青睐大型银行作为村镇银行发起人，从而挤占了中小银行的机会。

现实中，有的地方政府更多地从形象和影响力角度出发，更青睐让大型银行来发起设立村镇银行，并人为提高村镇银行的注册资本，从而导致那些有意向设立村镇银行的中小银行丧失机会。而事实上，中小银行在服务"三农"方面，无论是经验，还是产品以及服务、机制，都胜过大型银行。地方政府的这种一味求大的做法有可能导致成立后的村镇银行华而不实，成立初期面临较大经营压力，达不到政策的预期目标。

地方政府功能与公共财政创新

贾 康

在中国现代化进程中，地方政府和公共财政一直在改革和完善过程中，其对中国改革开放的作用则是众说纷纭。下面是一些值得澄清的观点。

一、对地方政府功能的基本认识

"两会"期间一些人大代表、政协委员和社会各界人士，做了一个关于房价调控问题的专题讨论。当时有几位政协委员强烈要求针对现在他们认为的地方政府行为不端、房价过快上涨等问题，由中央政府直接管理土地的"招拍挂"。实际上，这样的主张并不具备合理性，也是不可能的。为什么？从学理上说，一个政府体系在管理过程中，面临一个永远存在的问题，就是所谓信息不对称。另外，它有一个努力方向，就是要努力提高效率，降低行政成本。中国幅员辽阔，各地情况千差万别，政府必须分层。确实存在着少数情况，一个很小的城邦国家政权，它可以不分层，只有一级政府，但在中国这种事情是不可想象的，无法由中央政府

作者系财政部财政科学研究所所长、研究员。本文根据作者在地方公共财政研讨会上的发言录音整理。

一竿子插到底直接去管理各种地方事务。所以不能一看到现实生活中有矛盾有问题,就认为中央政府应直接出面绕过地方政府来管理,这样问题就能够解决。怎样在中国实现现代化的过程中处理好政府的架构及合理分层的问题,我们正处于寻求得到很好的解决方案的历史过程之中。改革开放三十多年以来,很多的矛盾和问题已经慢慢把注意力聚焦到分层问题上来。比如关于财政改革的基本思路,我这些年一直强调要通过扁平化改革来解决。1994年以后分税制在省以下实际上得不到贯彻,这是一个非常突出的现实问题。现在人们对于分税制有很多的抨击,但是不客气地说,板子打错了地方。因为只要稍微了解一下具体情况,你就会知道中国省以下四级地方政府之间现在可以说没有进入分税制状态。你责备地方政府出了这个问题、出了那个问题,然后说是分税制之过,逻辑就错了。我们现在恰恰需要在坚持1994年分税制改革基本制度成果的同时,探索怎样让省以下真正进入分税制状态,以消除和避免出现人们所抨击的那些弊病。看到地方上有种种问题,比如说像土地"招拍挂"这样据说"推高房价"的问题,然后以此否定地方政府的作用,让中央政府直接去做,事情就办好了。我认为这是完全不能考虑的思路。当然不是说大家不能提出这样的建议,从学术讨论的角度来说,这个思路不成立。

二、如何看待改革开放以来地方政府的功能

首先还是要从一个肯定的角度来看中国的地方政府以及所谓的地方竞争问题。现在有些学者非常强调中国地方政府竞争对于中国三十多年来超常规高速发展所起到的作用,我个人认为是有一定道理的。张五常先生在他最近出版的篇幅不长、自认为非常有分量的一本小册子里说,中国超常规发展以及中国人做对事情的关键,就是中国存在着其他经济体发展过程中没有出现过的这种争先恐后压力之下的地方竞

争。这种逼出来的地方竞争可以解释中国之谜。尽管我个人不认为张先生在他这本小册子里对这样一个解释的论述非常严谨，但是确实包含着具有启发性的内容。在任何一本经济学教科书中找不到张先生这个角度所说的地方竞争对中国经济发展助推的相关阐述。但是在现实生活中，可以看到很多这种地方的超常规发展，它从正面来讲有些东西就是以潜规则的方式存在，在这里面有一些地方政府非常看重的机制，比如，大家都在讨论的地方融资平台。当下更多人看到的是其潜在风险的累积，但是如从更长的历史发展来看，很多地方政府辖区中被人们所称道的发展，比如说东北地区解决了过去认为很难解决的棚户区改造，取得了非常有亮色的政绩，后面的支撑离得开地方融资平台吗？了解情况的同志都不会否定其作用。这种已形成的潜规则怎么演变为明规则，现在也是看到了可能性的。比如说我们认为对于地方的融资平台，就应该有堵有疏，疏堵结合，但从中长期来看应该是奉行大禹治水这一古老智慧所包含的"堵不如疏"的哲理，要把它引到阳光融资的状态，所以要治存量，开前门，关后门，修围墙。这样一些东西，不是简单否定地方政府的作用，指责地方政府竞争中的紊乱就能解决好的历史性命题。

从财政改革的方面看，如果在制度框架内有了一个比较合理的通盘设计，地方政府会有内在的动力去推动一些很有建设意义的事情。比如 1994 年分税制框架搭建出来以后，中央和以省为代表的地方之间是分税制框架，省以下那时候也在努力寻求分税制的可行性方案，但是直到现在并没有走出来，难题是五级怎么分税？现在研究者得出的基本结论实际上是无解的。必须推进扁平化改革，到了三级会马上有解，会豁然开朗。这个且按住不表，只说 1994 年的分税制体制解决什么问题呢？一个很明显的正面效应是地方政府没有必要再把自己的财力藏着掖着了，不再担心地方的财力被中央平调了，这样一个制度方面的重大改进，使地方政府 1995~1996 年不约而同寻找怎样把分散在各部门的收费等收入放在专户里面,实行专户存储,客观上提高了政府可用财力的透明度和公开性,而且在实际操作的过程中是很有力度的。比如鞍山等地是由党政一把手把各个局委办的人召集起来,把这个原则说清楚,所有钱归堆,放到专户存储里边,但是使用权不变,沉淀资金可以集中起来贯彻地方发展战略的要求,"不交票子就交帽子",很快这种地方预算外资金的专户存储就成了风气。它为什么能成风气?因为前面有1994年制度安排上的新框架,而后面是中央政府很快回应了地方的这种推进,在1996年形成文件,明确界定预算外资金概念,并开始进入了"三而二"的历史进程,即预算内、预算外两个概念下的资金都有合法性,但是,"预算外的预算外",小金库(实际上一些规模还很大)就没有了合法性。"三而二"走到现在,我们开始进入"二而一","预算外资金"也要退出历史舞台了。这样的一个历史过程中,不应否定地方政府在一个相对合理的制度框架下的自下而上的进取精神及其实际发生的正面效应。当然从另外一个角度来说,地方"争先恐后"压力之下的超常规发展中间是不是有问题?问题是明显的,但是我认为总体来说,不能拿问题反过来否定这种正面效应。

三、渐进式改革怎样继续深化

之前有人曾经提出"后发劣势"问题,现在大家说得更多的是"后发优势"。在生产与技术层面的"后发优势"确实非常明显,但是不是存在制度改造层面的"后发劣势"?渐进改革是先易后难,好做的事都做完了,帕累托式改进的事情现在找不到了,一动就要触动既得利益,既得利益制约之下什么都不能动,那么大家就提一些口号,推出一些形式主义的东西,实质性地推进改革成了难题。而在这个矛盾积累的过程中,有一种把地方政府妖魔化的倾向。什么东西都是地方政府不好,地方政府短期行为,地方政府把事情搞砸了,地方政府就是只看自己眼皮底下的这点事情,这方面的批评不能说全没道理,但没有说到根本上。实际上制度建设是关键。

怎样把渐进改革的势头保持下去呢?中国渐进的制度建设、制度改革还有没有空间? 现在很多地方政府的短期行为是跟制度上没有配套到位有关的,如大家都在批评地方政府的"土地财政"造成了现在老百姓关心的房价激增等问题,但凭国际经验就知道:分税制是跟市场经济配套的,哪个实行分税制的经济体的地方政府不是土地财政?它们主要的支柱财源也是来自不动产,但区别在于,它们的制度建设是在不动产的保有环节设有一个相对规范的、长年不断地可以给政府提供稳定的、大宗收入来源的税种,就是不动产税或者房地产税,或我们现在所称的"物业税"。这样一个制度安排,恰恰是中国现在缺失的。为什么不指出这样一个制度建设方面的明显缺陷而一味地指责地方政府? 如果完善了制度建设,在不动产保有环节上的土地财政制度,就变成了跟市场经济要求能够吻合贯通的一个新境界。那时地方政府会专心致志地优化本地投资环境、改进和提升本地的公共服务质量。它的财源建设是跟着它的这种努力,随着每隔几年重评一次税基,像发面一样不断发起来的。自然就会行为长期化并在这个过程中转变职能。一旦有了这样一个房地产保有环节的税负,房价的表现一定会更稳健,房地产业的长期发展一定会更健康。特别是在扁平化的财政体制运行中,终于可以找到一个相对清晰的地方税体系。这种制度建设非常重要,如果要克服"后发劣势",就需要特别强调和重视制度创新,力求在制度建设方面推进,而制度建设推进有一个非常重要的思路,即通过公共财政建设。

在现在既得利益已成胶着状态,很多人对于中国的改革越来越没有信心和兴趣。谈改革的人不多,人们倒更愿意谈加强管理。政府必须管这个管那个,但是真正要把管理创新做好,没有制度创新不行,那只是治标。难就难在中国的改革如何实质性地深化,特别是相应的配套改革以及整个公共资源配置。改革的方向非常清楚:我们要坚定不移地坚持政治体制改革,民主是社会主义的生命。但是各个部门的领导者却很难。为什么不表态?因为现在还找不到操作方案,如果表态就得说清楚这种民主化、法治化从何入手。比如中央文件里写了减少行政层级,大家都赞成,但减少行政层级从何入手,文件并没有直接说出来。然而,在公共财政建设方面,恰恰存在一个各个方面都难以拒绝的切入点,通过改进管理,进一步地引出、打开渐进改革路径依赖下的实质性深化改革的后续空间,解决"大配套"改革的历史任务。如果把理财的民主化、法治化通过现在很多地方政府积极实验的新理财形式一步一步往前推,它必然引导到行政决策体制、公共资源配置体制以及整个社会生活的民主化和法治化。而这个事情切入进去以后,在渐进改革路径依赖约束条件下,仍然可以打开实质性改革的巨大空间。中国的深化改革并不像有些人说的那么悲观,但是这个空间怎么打开,公共财政建设必须做出历史性的贡献。

四、地方政府和地方财政自下而上开拓探索的意义

约翰·奈斯比特的《大趋势》,曾被争相传阅。最近他又推出了《中国大趋势》,他提出一个纵向民主的说法,是上下互动的一种制度演变,不是简单的西方式的横向民主。中国的上下互动,在公共财政领域的探索,看到了很多非常值得肯定的案例。

1996年前后,河北曾率先在公共财政改革方面推出了他们先声夺人的举措。在东三省,辽宁财政厅强调要走向阳光财政,提高公开性和透明度。说这个话得罪人吗?肯定得罪人。但是毕竟有这样一些站在全局高度出于公心来考虑问题的人。河南焦作是在中国的地级市中非常典型的、比较全面推行公共财政导向下的预算制度改革的一个案例。该地方政府正在考虑预算体系中七八个相对独立部分都公开透明,还要

进一步编制中长期滚动预算。这件事情中央没有这么要求,没有人逼它做,但它为什么要做?不能简单地拿一个经济人的模型来描述这些地方的行为。必须承认经济人模型有用,但完全局限于经济人模型不行。确实有这么一批人敢为天下先,承担风险去探索改革之路。还有很多地方所做的"参与式预算",老百姓赞成,但上级可能不赞成。原来捂着的账本要翻出来让老百姓知情,让老百姓参与,这么做添麻烦不说,领导的很多意图可能执行起来恐怕就不顺利。但是从一个历史进程来看是不是一个进步的、值得肯定的方向呢? 越来越多的人赞同这个方向,应该说现在预算信息的公开透明是大势所趋,但必须承认这是一个渐进的过程。

上海是典型的工商业最发达地区,上海闵行区坚定地推行按公共性和绩效评估的导向,把一些民生的大事情,像教育等,引入一个财政绩效和政府绩效考评的制度框架。广东南海是珠三角最典型的地区之一,地方政府感觉手上有比较充分的权力决定资源的配置,但意识到从长期发展来看,应该主动地限制自己的权力,这样对于解决以后出现的矛盾可能更好、更主动、更合理。他们主动限制自己的自由决断权,而把权力放在绩效导向的评估约束、公众参与、民主监督约束之下,这些非常难能可贵,值得肯定。从这个角度看,在中国推进现代化、深化改革的历史进程中,整体和局部视角互动,中央和地方在制度创新、管理创新上互动,坚持务实的、敢为天下先的开拓,必定会对中国实现现代化和增进人民的福祉产生重大影响。

通过制度创新解决初次
分配问题

田应奎

所谓国民收入初次分配,是指国民收入在劳动者、企业主和政府三者间的分配比例及相互关系。根据收入法国内生产总值核算,初次分配由劳动者报酬、生产税净额和资本收益三项内容构成。劳动者通过付出劳动获取报酬,企业主通过投资经营获取资本收益,政府通过征缴税收获取生产税额。针对目前我国国民收入初次分配存在的突出问题,我们进行以下简要分析,并提出相应的对策建议。

一、初次分配的突出问题

改革开放以来,随着国民经济的不断发展,我国城乡居民收入水平持续增长。但是,在国民收入初次分配领域,存在着劳动报酬比重持续走低、资本收益比重不断升高和政府税收占比相对较高等突出问题,极大地制约着我国扩大内需、调整结构以及提高居民收入水平。

(一)劳动报酬比重走低

在国内生产总值收入法构成项目中,2008 年我国劳动报酬仅占国内生产总值40%左右, 远低于发达国家劳动报酬平均占比 55%以上的

作者系中共中央党校经济学部教授、博士生导师。

水平。从城镇职工年收入增长倍数来看,1978~2008年城镇职工年收入增长47.5倍,但同期国内生产总值增长82.5倍。从职工工资占国内生产总值的比重来看,1978年职工工资占国内生产总值的15.5%,2008年职工工资占国内生产总值的比重下降到11%。统计数据说明,在我国国民收入初次分配中,劳动报酬占比不断走低,没能与国民经济增长保持正向递增关系,从而影响劳动者收入和生活水平的进一步提高。同时劳动者尤其是体力劳动者的劳动报酬在初次分配中占比过低,其社会平均工资水平增长缓慢,劳动者的经济社会地位受到很大的负面影响。

(二)资本收益比重偏高

从国内生产总值收入法构成项目分析,2008年我国资本收益(固定资产折旧和营业盈余)占国内生产总值为45%左右。这说明初次分配资本收益占比偏大,其结果一方面能够刺激资本投资不断增长,另一方面却导致资本雇佣劳动条件下的贫富分化现象加剧。从社会和谐的角度来分析,国民收入初次分配领域中的资本收益与劳动报酬比例关系的失衡,极易带来社会阶层和人群之间的利益分化甚至对立,影响人民群众经济政治社会关系的和谐建设。

(三)政府税收占比较高

从国内生产总值收入法构成项目分析,2008年我国生产税净额占国内生产总值约为15%。若加上其他非税收政府收入项目,国家宏观税负水平占国内生产总值超过20%以上。国民收入初次分配中生产税收和其他财政收入占比增大,虽然可以增加国家财政规模和公共服务支出,但直接影响企业和劳动者生产经营活动积极性,不利于企业扩大再生产和增加长期投资,也不利于扩大居民消费、提高居民生活水平,同时极易导致政府及其他公共部门的自身膨胀,刺激经济社会的非生产化倾向发展。另外,生产税收的增加会直接推动产品价格的上升,出现税负转移和税负不公平,不利于实现全社会的公平收入分配。

目前我国国民收入初次分配中,劳动报酬比重走低,资本收益和宏观税负比重偏高,是长期以来发展模式、经济制度和财税政策等多种原因造成的。

二、初次分配的重要关系

国民收入初次分配关系,主要是劳动与资本、企业与政府之间的结构比例关系。如何处理好劳动报酬、资本收益和生产税收之间的辩证关系,成为一个至关重要的源头性的制度设计与操作难题,对实现国民收入初次公平分配和经济社会持续发展具有重要作用。

在各生产要素相互关系中,劳动与资本的相互关系最为根本。在生产资料私有制的条件下,谁占有资本,谁就占有劳动。资本雇佣劳动,从而资本家决定雇用者的收入水平。在市场经济公平竞争环境下,生产要素价格由市场供求规律所决定。所谓劳动、技术、管理等非资本性生产要素参与分配,最终是被置于这两个绝对前提之下而言的。

目前在我国多种所有制经济共同发展的经济制度格局下,劳动与资本的相互关系问题,仍然是一个尚未解决好的重大制度难题,在种种生产关系问题中处于决定性的地位。具体而言,在收入分配领域,劳动与资本或者劳动者与资本占有者的相互地位是否平等,各种权利与权益保障法规是否公平,参与分配的渠道是否畅通等等,均直接决定着各自的收入分配状况。

显然,如果我们不是从抽象的、教条的理论概念及其思维定式出发,而是从具体的、现实的市场经济环境来看,目前我国的各种生产要素参与分配,仍然是资本决定下的要素参与分配。劳动、技术和管理等非资本性的生产要素参与分配,即使有政府、工会等非资本力量的制衡与保障,也只是资本雇佣条件下的生产要素分配。这是一个对现实极其重要的认识。

调整国民收入初次分配结构，关键要处理好劳动与资本的辩证关系，提高劳动报酬在初次分配中的比重。同时，要处理好企业与政府的辩证关系，合理确定宏观税收与资本收益的比例结构。坚持市场分配为基础和政府分配为辅助的初次分配理念。

三、初次分配的制度创新

国民收入初次分配是我国收入分配的最重要部分，决定着国民收入分配的基本格局，因此，初次分配制度建设创新研究至关重要。目前我国初次分配制度创新应重点从市场准入、报酬协商、最低标准、联动增长等方面大力推进，具体包括劳动就业公平竞争制度、劳动报酬公平协商制度、劳动工资最低标准制度、劳动收入联动增长机制等创新研究。

(一)加强劳动就业公平竞争制度创新建设

劳动就业公平是劳动报酬公平分配的基础。目前我国正处于经济社会体制创新的关键时期。工业化、城镇化、市场化、国际化的加速发展，农业向工业、农村向城市、计划向市场、国内向国际的经济社会转型，要求劳动就业制度从市场准入方面就必须坚持开放、透明、公平竞争的制度创新原则。根据社会主义市场经济发展的要求，努力实现劳动就业、用人用工方面的权利公平、起点公平和机会公平，加紧建立全国范围的公平统一的劳动市场准入和就业竞争制度，努力消除用人用工方面的体制障碍和部门壁垒。

努力消除二元用人用工制度。目前我国用人用工制度在城乡之间和国有部门中仍然存在着明显的二元壁垒问题。所谓编内和编外、正式和合同、长期和短期等用人用工制度，在劳动报酬、医疗、养老、社会保障等权益方面存在着明显的差别，极大地影响着我国劳动就业和用人用工领域的公平竞争性。为此要努力创造条件尽快统一全国城乡劳动就业制度,创造条件尽快取消城乡二元户籍制度,完善农村土地承包制度,统一国有部门和单位就业标准,统一编内与编外、长期与临时等二元用人用工制度。

推行公平竞争劳动就业制度。特别是在国家机关、事业单位和国有企业,大力推行面向社会、面向市场的公平竞争的劳动就业制度。努力建设全国统一的劳动就业市场体系,推行公平竞争的市场化、社会化的国家雇员聘任制度和国有企业劳动用人用工制度。

推行公平竞争岗位聘任制度。公平竞争、能上能下的岗位竞争制度是劳动就业公平制度的重要内容。根据目前我国劳动就业制度方面存在的主要问题,首先要在国家机关和事业单位创造条件全面推行岗位竞争与聘任制度,加大市场化和社会化的竞争上岗、岗位任期等制度建设。其次要在国有企业加强市场化和社会化的领导岗位与专业技术岗位的竞争与聘任制度建设,同时根据企业生产经营状况实行弹性的劳动合同与聘任制度。

(二)加强劳动报酬公平协商制度创新建设

公平的劳动报酬应该是劳动市场供求双方平等协商的结果。在生产经营活动中,劳动者、企业主与政府结成最基本的经济利益体。劳动者付出劳动获取劳动收入,企业主付出资本追求资本回报,政府通过税收征缴财政收入,这是三者最基本的经济行为动机。所谓报酬公平不公平应该来自于这些相关利益者的平等协商。

建立我国公平的劳动收入分配制度必须建立健全劳动者、企业和政府三方平等协商的收入分配制度体系。通过三方平等协商使劳动者、企业和政府增进相互理解,确立各自认可的收入分配公平关系。

根据以上公平分配理念,目前我国初次分配公平制度创新建设,首先应该在城镇各类经济单位和部门建立健全统一、规范、合法的行业工会与协会组织,包括企业工会、机关工会、事业单位工会等劳动者自治组织,提高劳动者参与收入分配协商谈判的自组织化程度,增强劳动者的整体谈判与协商能力,维护劳动者劳动与收入的合法权益。在农村,应该加强村民委员会组织制度建设,提高农民保障收入、维护权益的自我管理水平,保障和维护农村居民合法的民主选举、决策、管理和监督等权益。

(三)加强劳动用工最低工资标准制度创新建设

劳动用工最低工资标准制度是保障劳动者劳动收入权益的重要措施,是劳动者抵御市场风险与应对资本强权的最后屏障,是市场经济国家最基本的劳动报酬公平分配安全保障机制。这是保证市场经济初次分配底线公平的基本要求。鉴于我国目前劳动力资源供大于求的人口国情,在市场经济发展过程中始终坚持国家统一的最低工资标准制度具有重大现实意义。

建立健全公平的最低工资标准制度。最低工资标准应该满足劳动者及其家庭成员所必需的物质文化的生活费用、素质提升与发展的费用。这些基本的生活与发展项目,要能够反映当期经济社会平均发展水平。参照多数国家最低工资标准的计算方法,我国最低工资标准应该保持在当地社会平均工资40%~60%的水平。

建立健全公平的最低工资增长机制。根据国民经济社会发展的具体状况,及时合理地提高最低工资标准,对于保障劳动者的合法收入、共享经济发展成果、消除贫富两极分化等具有十分重要的意义。目前我国应该建立健全全国范围的最低工资收入与国民经济联动增长机制,并通过法律的形式加以明确和保障。

(四)加强劳动报酬联动增长制度创新建设

在劳动力过剩、资本雇佣制度的条件下,劳动者始终处于被雇佣的弱势地位,如果没有国家法律法规的强力保障,劳动者报酬难以扭转收入相对递减的趋势。为此,当前我国公平分配制度建设要根据共享发展成果、初次分配更加注重公平的分配原则,建立健全劳动报酬与国民经济联动增长机制。

首先,要在国民收入的宏观分配上,制定公平合理的劳动报酬、资本收益和政府税收三者间的比例结构,尽快解决初次分配劳动报酬比重下降的问题,切实提高劳动报酬在国民收入总量分配中的结构比例。建议把目前我国初次分配劳动报酬只占40%左右的过低比重,尽快提高到国际平均50%以上的水平,从根本上扭转初次分配劳动报酬比重下降的趋势。

其次,建立全国性的劳动报酬与国民经济增长的收入联动机制。鉴于目前我国劳动报酬增长与国民经济增长严重脱节的状况,建议在实现劳动就业和岗位公平竞争的基础上,分别在国家机关、事业单位实行同期劳动报酬不低于同期国民经济增长水平的报酬增长制度。在国有企业合理设定国有资本收益,实行劳动报酬增长不低于同期经营业绩增长水平的企业分配制度。在全社会实行最低工资标准增长不低于国民生产总值增长水平的分配制度,以尽快解决初次分配劳动报酬增长长期低于国民经济增长的问题。通过公平合理的收入分配为提高我国居民消费水平创造条件。

短论

REMARKS

用调控通胀机制调控房价 │ 汤 敏

房价问题又一次成为全社会关注的焦点。从"二战"后几十年的经济发展史看，世界上几次大的金融危机都与房地产泡沫的形成与崩盘不无关系。要保证国家长治久安，就要建立一种机制来防止房地产泡沫的出现。笔者认为，把调控物价的机制运用到调控房价上，是一个有效且可操作的方式。

一、两个核心指标

近十多年来，我国对整体物价的调控基本上是有效的。针对通货膨胀的宏观调控，有很清晰的目标。当通胀超过政府的容忍度时，如3%，以宏观手段为主的调控就开始出手。出拳多重，什么时候停手，清清楚楚，全社会也予以配合。

可以考虑建立起一套类似调控通胀一样的调控房价的指标。这个指标应该盯住与大众住房有关的中低档房地产，不应包括保障性住房与高档房地产，笔者称之为城市基本房价指数。

再者，还要建立一个房价变化容忍度指标。就如同对通货膨胀的调

作者系中国发展研究基金会副秘书长、中国人民银行研究生部部务委员会副主席。

控一样,当基本房价指数超过这个指标,一系列的调控手段就要上。例如,房价变化容忍度指标的上限应略高于3%的通胀容忍度,低于或与城市居民年平均收入增长率持平。为防止房地产崩盘,这个指标还应该有下限。例如,下限可以定为负的15%或20%。

二、对基本房价的宏观调控

与调控通胀的机制类似,当城市基本房价指数高于社会容忍度指标时,就要启动宏观调控措施。和应对通货膨胀一样,可以采取控制货币发行、提高房贷利率、减少房贷额度、减少财政对购买基本住房的税收优惠与补贴、增加土地供给等等措施。

如果基本房价上涨过快是全国性的,就应该采取全国性的调控措施。而如果房价过快上涨只是部分城市的现象,则可以考虑仅对这些城市的房贷额度、房贷利率、房贷条件等进行调控。

像对付通货膨胀一样,各个城市政府要守土有责。一个地区的房价增长超过了社会容忍度指标,地方政府就要采取措施把房价压下来。只有建立各级政府对基本房价有可测量、可报告、可检验的问责制时,地方政府才不会对当地房价起推波助澜的作用。

有了这一套宏观调控机制,再配合对低收入人群的保障性住房制度,就能保证房地产价格在一个可控的范围内波动,就能防止大的房地产泡沫产生与崩盘,就能避免几乎在所有东亚国家曾多次出现的危机。

八十年前,美国经济大萧条诞生了凯恩斯的宏观经济学,催生了政府对市场经济的宏观调控理论与措施。而今天,历史也在呼唤经济理论与政府宏观管理一次新的革命。防范以房地产为核心的资产泡沫不断出现很可能是这场革命的主要对象。中国这个当前受房地产泡沫威胁最大,又最有宏观调控意愿与能力的国家,应该成为这场革命的先行者。

中国呼唤"伟大"企业 | 赵 晓

中国，一个拥有古代"四大发明"并占世界人口总数 1/5 以上人口的大国，其文化延续几千年，这本身就是很伟大的事情。虽然，也有过近代的落后，但仍不可否认中国是一个伟大的国家。根据著名经济史学家安格斯·麦迪森所著《世界经济千年统计》一书，从公元 1 年至 1820 年之间，中国的 GDP 总量一直占世界的 1/4~1/3（按购买力平价计）。中国持续领导世界经济近两千年，不愧是一个伟大国家。

一、中国的回归

中国落后了一段时间，在过去三十多年中却又以人类历史上前所未有的持续高速增长而再度复兴。虽然"中国威胁论""中国崛起论"时常充斥西方国家，但大家是否想过，中国其实是在重新回到原本属于自己的位置，而这个位置曾一直属于中国几千年。从这个意义上，笔者曾对国际朋友一直强调，中国并非"崛起"而是"回来"，或者说"王者归来"，回归于她千年固有的王者之位。

现代社会，一个国家的强大，必定需要一批强大的企业做后盾。中

作者系北京科技大学经济与管理学院教授。

国在重新成就其伟大之时,必然需要也必然造就许多伟大的企业,这可以说是中国企业千载难逢的机遇。2009 年,在外部金融海啸、内部结构危机的双重打压下, 中国经济仍然保持了 8.7% 的高增长,GDP 总量已接近 5 万亿美元,与世界第二大经济体日本相差无几。而中国企业,在过去三十多年已经取得"好的成绩",许多企业开始跻身世界大企业行列,这标志着中国企业已经完成了"从糟糕到优秀"的转变,而在中国经济继续高歌猛进的历史机遇下, 未来二十年,中国企业的使命便是完成"从优秀到伟大"的进一步转变。

改革开放三十余年来,一大批中国企业已经成长起来,可以说,中国的优秀企业已有许多,但是卓越或者说是伟大的企业却鲜有,甚至可以说没有。但是,从现在起,从优秀到伟大的跨越,必将成为未来二十年中国企业的使命。

二、伟大企业的内涵

让我们先来厘清何为优秀企业,何为伟大企业。这两个概念为美国著名管理学家柯林斯首倡。结合柯林斯的经典研究,再加上笔者自己的体会,我们提出,伟大企业是具有伟大的企业文化,伟大的团队(员工),伟大的社会贡献包括科技创新贡献, 社会责任贡献如积极主动承担社会责任,改善社区环境、推动社会进步等,进而具有伟大的外部形象和社会影响力的高速增长的优秀企业。

可以用一个简单的公式来描述:

伟大企业=高速成长+伟大企业家+伟大团队 (员工)+伟大企业文化+伟大社会影响力。

上述公式意味着伟大的企业, 首先当然是能够持续创新进而实现持续高速成长的优秀企业,但却不止于此。能够持久成长的、在市场激烈竞争中获利的企业还只是优秀企业而不是伟大企业, 因为高速成长只是优秀企业走向伟大企业的必要条件,却非充分条件。

优秀企业主要涉及各种条件下高速成长的内涵。在本文中,我们将主要讨论伟大企业超越于优秀企业的部分,而不再去梳理优秀企业的概念。

首先,伟大企业必须要有伟大的企业家加上一批伟大员工形成的伟大团队。尤其是伟大的企业家,柯林斯等人称之为第五级经理人,对于伟大企业的塑造非常重要。这些第五级经理人最大的特性是同时具有谦逊的品质和坚定的意志,这种似乎矛盾的双重性格也因此使他们既能够脚踏实地一心一意做企业的事情,又能够直面残酷的现实而毫不逃避且信心满怀。

这样的企业家很少,在我接触的中国企业家群体中,王石算一个,军人出身的他既有军人的执著,又充满书生情怀,心胸坦荡、开放,能够兼容并包各种意见。如果万科成为伟大的企业,我不会意外。

古语云:"为臣之道在于知事,为君之道在于知人。"第五级经理人在寻找接班人时,也同样会寻觅第五级经理人,如此良性循环下去,企业便会逐渐建构起能够"基业长青"的根基。伟大企业需要一代又一代的伟大企业家保证在其跨越优秀后,还能将伟大的事业继续下去。这在柯林斯等的研究中被证实为伟大企业实现跨越的症结之一。

伟大和优秀有时其实仅一墙之隔。例如,两者都表现出高速的增长。但不同之处,伟大的企业从不为了增长而增长,也不为了壮大而壮大,甚至不刻意看重企业的目标和战略,对它们来说,这些都只是自然而然的结果而已。柯林斯将之形象地说成是一辆不知开往何处的大巴,却能把不适合的人请下去,而将那些最合适的人招揽过来。企业不是设置职位后,再去寻觅人,而是寻觅到合适的人之后,为之寻找合适的职位。虽然尚不知道车行驶的方向和目的,但这正是这些"贤士"们会去做,也会做好的事情。他们不是抽象的没有血肉、没有意志和情感的"经济人"，而是"贤士"，"贤士"们为了追求自身价值的实现，干劲儿十足。因此，企业这辆大巴的行驶方向既不会有偏差，又动力十足，通往伟大的目标也是必然的了。

伟大的企业不会刻意地去吞并、扩张，而是实现市场占有率的提高、行业份额的上升。从这个角度看，摆在我们眼前的一个教训就是丰田。丰田招回门事件内在导火索就是企业盲目扩张，这不得不让我们深思。

相比丰田，伟大的企业家和员工们从不去思考如何变大，而是思考"我们能在什么方面成为世界最优秀？""我们对什么充满热情？""我们在哪儿能够获利？"当这三个问题答案恰有重合时，他们便得到了解答。试想，一件你有兴趣做的，又是你能够从中获得丰厚利润而又有天赋做得比别人更好的事儿，你怎会做不好呢？这不得不说是他们的高明之处，而企业的成长壮大，似乎根本不必提到桌面上来，它们会自然而然地成为现实。

无规矩不成方圆。伟大的企业必然有其伟大而且独到的文化，就像一个具有优秀品格的人一样，我们也可以将企业文化称之为企业的优秀品格。这些伟大的企业家和贤士们，将形成怎样的伟大的企业文化呢？可想而知，它必然是一种自由与责任对等的文化，是严格、进取却不苛刻、残暴的文化。企业在这种文化氛围中，将充分尊重人格，充分地实践着人与人的平等，却又秉持只做那些有兴趣做、有利可获又能成为最优秀的业务的理念，不错过任何一个良机。在这些训练有素、非常完美的文化之下，企业才能够完成伟大的跨越。

伟大的企业家去招揽贤士，他们的合作又形成了一种独到的企业文化，这又促使企业的进一步发展壮大，一切的一切都是那样的自然，好比是水到渠成。

伟大企业还必然具有伟大的理想，特别愿意主动承担社会责任，促进社会进步。

当今世界，人们不但关注企业的产品和服务，而且日益关注其所承担的社会责任。因此，不勇于承担社会责任的企业迟早会被市场和消费者淘汰，而主动承担社会责任，推进社会进步的企业才有光明的前途。

众所周知，万科通过过去二十多年的努力，在 2007 年就已经成为全世界最大的住宅公司，其一年的竣工量大概相当于全美国住宅竣工量的三分之一。万科在房地产领域已成为世界最大，其未来的目标是什么呢？到 2020 年万科所有的新建住宅均为"绿色住宅"，达到国家的三星标准，采用工业化的建筑标准，建筑材料节能 30%，使用能耗比普通住宅低 20%，可再生能源利用率占 10%。此外，万科正雄心勃勃地推进小区垃圾分类推广项目，预计到 2012 年，万科自建的小区一年就能减少 14 万吨的垃圾。万科是一个有理想的企业，作为中国房地产业的龙头老大，万科选择了绿色经济，未来要发展绿色住宅。当绿色的旗帜飘扬起来的时候，万科也将拿到走向世界的通行证，而不局限于民族企业。万科正在做的以及将要做的，也许只是些"小事情"，但是将环保放在企业利润之前，将社会责任放在企业活动之前，这是企业的大气魄。从这个意义上讲，万科已经开启从优秀走向伟大的历程，在未来二十年中完全有可能成为中国的伟大企业。

我们还有其他的中国企业在这个行列，它们是谁呢？华为、海尔、联想、阿里巴巴、百度……

企业的责任不仅仅是迎合消费者的需要，创造出被需要的产品，也不仅仅是要在制造产品的同时保护环境，提供更多就业机会，关注公益事业，企业更高层次的责任是要去通过自己的产品而推动社会与文明的进步。这才是伟大企业命中注定要做的事情。微软创立之初的一个理念是要每一个人的桌上都有一台 PC。若干年后的今天，这个理念正日益在全球实现。微软也因此改变了人们的生活和工作的方式。所以，即便微软明日即灭亡，它也是一个伟大的公司。一个企业，发现并培育了一个行业,拉动这个行业向前发展,甚至推动社会与文明的进步,这就足以成其为伟大企业。

一个企业如果拥有伟大的企业家、员工(团队)和伟大的企业文化,同时,又能够在承担社会责任的同时,从事改变人们生活方式甚至推动社会进步的文明事业,则无论是企业的收益还是企业形象以及社会影响力都将成就其伟大。

三、中国呼唤伟大企业

毋庸置疑,对于绝大多数企业而言,也许做一个优秀的企业就足够了。没有伟大的禀赋和环境,当然不要盲目去追求伟大。但从中国未来发展趋势来看,中国正处于一个伟大的转型与上升期,政府、员工、消费者的共同进步将呼唤伟大企业的出现,同时靠着这些伟大企业,实现中国的伟大复兴。

我们深知,历史悠久的企业不一定是伟大的企业,庞大的企业不一定是伟大的企业,世界五百强企业也未必称得上是伟大的企业,他们只是优秀的企业。而要成为伟大的企业,则必定要从"优秀"的外壳之中抽脱出来,只有破茧而出,才能化为美丽的蝴蝶;只有浴火重生,才能成为百鸟之王;只有越过龙门,才能腾飞于天际!

中国企业从优秀到伟大的道路必定是"路漫漫其修远兮"的新的长征。在激荡三十年后,未来二十年,让我们去观察和见证,谁将是中国未来屹立于全球的伟大企业。同时别忘了,我们都有一个千载难逢的机会,那就是投资于这些企业,与伟大企业同行。这也将是投资者在中国的伟大的投资机会!

迷失的货币 ▎赵逸楠

　　弗里德曼在《货币的祸害》中，讲到他在"二战"结束后德国的一段经历。作为美军观察员的他开车上街，在加油站加油时才发现兜里除了美元，没有马克。而当时的德国又严禁外币流通，于是他和加油站的老太太都皱起了眉头。直到他在车厢后面找到了当时德国的硬通货——两条香烟，所有问题迎刃而解。当时的德国，还延续着"二战"期间的传统，除了马克之外，大部分物品都可用香烟计价。大件物品以条交换，中件物品以包交换，小件物品更是可以把烟拆开，以支计数。香烟的交换价值，远远超过了其内在的使用价值。以至于德国人说"香烟不是用来抽的，而是用来换东西的"。两条香烟的价格，当时弗里德曼在美军军营里3美元就可以买到，而市面上则可以换到价值7美元的汽油。于是对弗里德曼来说，用3美元换到了7美元的汽油，对老太太来说，得到的也物有所值，皆大欢喜。不过故事讲完，弗里德曼话锋一转，问了一个货币主义者的经典问题：我付出了3美元，老太太得到了7美元，剩下的4美元到哪里去了呢？

作者系中共中央党校经济学部博士研究生。

一、货币主义经典公式的扩张

要想回答弗里德曼的问题,自然要从货币主义的经典公式 MV=PQ 说起。费雪的货币数量公式在经济学的地位就如同物理学上的物质守恒定律。因为简单,所以伟大。货币数量乘以流通速度,必然等于商品价格乘以商品数量。于是只要货币发多了,在流通速度和商品数量不变的情况下,一定体现为价格的上升。但在现实社会中,价格上升并不同一时间或者等比例地体现在所有商品上面。在一定时期内,往往有一种或若干种商品成为吸纳货币发行的海绵,从而又变成衡量真实物价的标杆。"二战"后德国的香烟,美国独立战争时期的邮票,还有目前中国的资产市场,都在不同程度上承担了这种吸纳货币,又取代货币的作用,成为一种凌驾于其他交换物之上的"超级商品"。政府超额的货币供应,首先流向稀缺的热门商品,然后才流向其他普通商品。MV=PQ,变形成为 $MV=(PQ_1+PQ_2+PQ_3\cdots)$。于是我们只看到 7 美元的货币发行和 3 美元的平均物价,而弗里德曼问题中剩下的 4 美元,就消失在货币于不同商品间不均衡分配的过程之中。

二、消失的货币与人造繁荣

那么,消失的 4 美元能否给社会带来繁荣呢?如果是简单的 MV=PQ,4 美元就不会消失,而是会直接地体现为所有商品价格的均衡变化。正如休谟所推论的,货币流通的变化除了影响所有商品的计价单位之外,对生产、消费和工作不会产生任何影响,货币是中性的。但正由于现实中消失的 4 美元的存在,货币不是被平均和同步地分配到所有人手中。一小部分先拿到货币的人如果是资本家,他可能就会先用来雇佣工人和扩大再生产,而紧接着收到货币的人又会增加消费和支出,于是,消失的 4 美元带来了繁荣。按照凯恩斯主义者的经验,在近代世界经济史上的每一次大萧条中,伴随产出下降的,一定是货币总量的大幅萎缩。而货币总量的萎缩不仅影响了价格,还使得美元消失的游戏无法继续,从而使经济增长的浪潮丧失了原始的推动波。于是,货币政策"宁滥毋缺"成为当代所有央行奉行的潜规则。正如凯恩斯所说,"通货膨胀不公平,通货紧缩不聪明"。如果发出的货币在发挥了作用后,又能神奇地部分消失,又有谁会选择做一个笨蛋的央行行长呢?

消失货币最多的国家,20世纪是日本,现在是中国。回首改革开放以来的历史,如果用广义货币 M_2 来代表 MV,GDP 总值来代表 PQ,我们会发现,后者是一条斜率为 15°的斜线,而前者则几乎在以大于 45°角的速度在攀升,而且越来越陡峭。M_2 对 GDP 的比重,从改革开放初期的 0.45,剧增到了现在的 1.65。而金融危机之后的美国,也不过在 0.55 左右。以超过美国存量货币的 M_2,支持不到美国 1/3 的 GDP,这已经成为学界的中国货币之谜。按照物质守恒定律,货币不会消失,于是资产价格就成为当年德国的香烟。

三、消失的货币之危害

货币消失的过程,往往是经济繁荣对其形成路径依赖的过程。正由于资产价格像海绵一样,吸收了循环后多余的货币,当资产价格不能维持的时候,消失的货币就会像洪水突破大坝,泛滥到实体经济,使我们面对 MV 最终等于 PQ 的现实。于是每当资产价格有所变动的时候,央行的行长们就成为最紧张的一族。资产价格与消失的货币,如同黄河大堤与河水,形成了控制论里的正反馈关系。筑堤蓄水,造成了水位进一步升高,不得不再回过头来升高堤坝。按照系统论,负反馈的过程不断地缩小系统差值,而正反馈的过程则不断地放大差值,直至最后形成原子核爆炸式的链式反应。

货币消失的过程,也是财富分配不公平的过程。休谟当年提出:"如果大不列颠的黄金在一夜之间消失，我们用便宜的便士代替了昂贵的先令，货币会变得更充足，利率会更低吗?或者说，当黄金像白银一样普遍，白银又像铜一样多的时候，我们会变得更富有吗? 当然不会有任何改变。"是的，如果货币不会消失，政府增发的货币在一夜之间到达我们所有人的口袋，那么财富的分配是不变的。但事实不可能如此，货币从发行到最终进入每个人的口袋的过程，存在着时间滞后和货币消失。第一个拿到货币的人能够以超额货币发行前的价格购买到商品和劳动，其前提是后面接受货币的人对于超额货币的发行并不知情。第一个获得能吸纳消失货币的"超级商品"的人，其交换获利的前提是相对于他人存在着垄断。于是越能提前拿到货币以及接近吸纳消失货币的商品的人，就成为财富分配过程中的获利阶层。消失的货币越多，这种非帕累托改进的财富分配力度就越大。在货币消失的游戏中，伴随着巨额货币发行和资产泡沫的，一定是高企的基尼系数和社会不公。

四、回到卢卡斯批判

消失的货币能否最终减少?休谟当年的结论是模棱两可的。他既认为"在长期而言，货币多少无关于一个国家的幸福"，又承认短期而言，如果减少货币投放，"在社会重新调整到它适应新的局面之间，将面临巨大的阵痛。商人无法提供充足的工作，农夫无法处理其产品，失业、乞讨和懒惰将显而易见"。但是万物皆有极限。20 世纪 70 年代，全球滞胀出现，当时吸纳消失货币的"超级商品"不幸而为大宗商品和原油，而这两者与实际的通胀息息相关。超级商品不再具有吸纳通胀的功能，反而成为通胀的助推器。于是货币消失的游戏戛然而止。

伴随着货币消失游戏中止的，是战后凯恩斯主义辉煌的结束。面对20 世纪 70 年代的滞胀，以凯恩斯经济学为基础的货币模型对现实解释和预测能力的全面崩溃，卢卡斯批判横空出世。他指出，人是存在理性预期的。由于人们在对将来的事态做出预期时，不但要考虑过去，还要估计现在的事件对将来的影响，并且根据他们所得到的结果而改变他们的行为。这就是说，当大多数人意识到政府将采用货币消失的游戏的时候，他们将估计这一游戏对将来事态的影响，并且按照估计的影响来采取对策，即改变他们的行为，以便取得最大的利益。行为的改变会使货币消失的模型参数发生变化，从而使其趋于无效。卢卡斯之后，韦伯(Webber)同样用实证的检验，指出从长期和世界范围来看，货币不会消失。他收集和比较了1960年到1990年间世界主要国家的货币发行和通货膨胀情况后，发现二者呈现一条45°角的回归直线。也就是说，货币从来不曾消失，它只是被暂时地隐藏起来，积聚能量，等待着洪峰的爆发。

理解了卢卡斯批判，我们就能够理解为什么在本轮世界性的经济刺激政策出台之后，我们首先看到了全球范围内大宗商品和资产价格的迅速上扬。因为相对于上一轮的经济刺激，公众的学习曲线迅速地缩短了。在对超额货币发行的预期下，对所谓超级商品的追逐首先成为公众的第一反应。理性预期的存在，使得货币消失的游戏进程被大大缩短了，在巨额刺激政策仅仅一年之后，决策者们很可能就迅速重新面对20世纪70年代经济滞胀的魔障。在越来越短暂的繁荣之后，货币消失的游戏需要重新厘清，到那时货币硝烟散尽，经济一地鸡毛。

稿 约

　　《中国经济观察》以探讨中国经济的热点难点为己任，试图为读者创建一个雅俗共赏的学术平台。目前开辟的栏目有：关注"三农"、财经观察、探索与争鸣、区域论坛等，今后根据需求及来稿情况，还会不断开辟新的栏目。

　　《中国经济观察》实行双向匿名评审制度。对所有来稿，不论作者头衔，不论身份地位，一视同仁，按质量用稿。一经采用，即付稿酬，对有重大创新的稿件，稿酬从优。欢迎海内外作者踊跃投稿，具体要求是：

　　1.论题必须贴近我国经济实践中的热点难点问题。

　　2.观点鲜明，持之有据，言之成理。

　　3.文风清新，语言平实，好读易懂。

　　4.字数在5000—10000字为宜。

　　5.投稿时请写明您的真实姓名、出生年月、通讯地址、工作单位、职务职称、邮政编码、电话号码、电子信箱，并自留底稿。2个月未收到用稿通知者可自行处理。

　　所刊文章只代表作者个人见解，不代表编辑部观点。

来稿请寄：

中共中央党校经济学部《中国经济观察》编辑部　刘淑琴（收）

邮　编：100091

电　话：010－62805220

E－mail：zgjjgc@sina.com